MARIA PUBLIG

Waldviertelspur

WALDSTERBEN Die Auftragsbücher der PR-Agentin Walli Winzer sind randvoll. Dennoch findet sie genug Zeit für ihr neues Hobby: das Malen. Wäre da nicht der schnuckelige Trüffelhund mit dem noch schnuckeligeren Trüffelsucher, würde sie an den aktuellen Motiven verzweifeln: Berge von Baumstämmen liegen an den Waldrändern und warten auf Abnehmer. Der örtliche Sägewerkbetreiber Reuther will kaum etwas für das Holz bezahlen. Vielmehr setzt er für dessen Abholung auf Förderungen. Belegschaft und Forstbesitzer sind wegen seines Preisdumpings verzweifelt. Auch weil er fordert, den Rotwildbestand deutlich zu reduzieren, um eine bessere Holzqualität zu erzielen. Andernfalls würde er auf billiges südamerikanisches Holz umsteigen. Ein von ihm entwickeltes Nachverfolgungs-Tool ließe das zu. Als Walli kurz darauf im Wald über die Leiche des Unternehmers stolpert, setzt Dorfpolizist Grubinger die findige PR-Lady auf den Fall an.

Maria Publig wurde in Wien geboren und verbrachte mit ihrer Familie viele Sommer im südlichen Waldviertel. Nach ihrem Studium arbeitete sie als Journalistin für Tages- und Wochenzeitungen. Später wechselte sie für 15 Jahre als Moderatorin und als Redakteurin, in zum Teil leitender Funktion, in den ORF und schrieb Kultursachbücher, die international ausgezeichnet wurden, bevor sie sich dem Krimischreiben zuwandte. Wovon sie überzeugt ist: Für gute Gedanken und Kreativität muss man sich Zeit nehmen. Die gönnt sie sich zwischendurch, genauso wie viele anregende Gespräche mit ihren wunderbaren Nichten und das gemeinsam ziemlich oft im Waldviertel.

Mehr Informationen zur Autorin unter: www.maria-publig.at

MARIA PUBLIG

Waldviertelspur

KRIMINALROMAN

GMEINER

Immer informiert

NEWSLETTER

Spannung pur – mit unserem Newsletter informieren wir Sie regelmäßig über Wissenswertes aus unserer Bücherwelt.

Gefällt mir!

Facebook: @Gmeiner.Verlag
Instagram: @gmeinerverlag
Twitter: @GmeinerVerlag

FSC www.fsc.org
MIX
Papier | Fördert gute Waldnutzung
FSC® C014496

Besuchen Sie uns im Internet:
www.gmeiner-verlag.de

Im Ehnried 5, 88605 Meßkirch
Telefon 07575/2095-0
info@gmeiner-verlag.de

1. Auflage 2023

Herstellung: Julia Franze
Umschlaggestaltung: U.O.R.G. Lutz Eberle, Stuttgart
unter Verwendung eines Fotos von: © grafxart / shutterstock.com
Druck: GGP Media GmbH, Pößneck
Printed in Germany
ISBN 978-3-8392-0424-5

Personen und Handlung sind frei erfunden.
Ähnlichkeiten mit lebenden oder toten Personen
sind rein zufällig und nicht beabsichtigt.

PROLOG

Man hatte ihn an den Waldrand bestellt. Es war eben dunkel geworden. An der Waldeinfahrt standen ein paar Schilder. Die halfen, den Treffpunkt genauer auszumachen. Sogar um diese Zeit. Wo kaum mehr etwas erkennbar war.

Er sah sich um. Doch niemand war da.

Es waren nur noch wenige Minuten bis zur vereinbarten Zeit. Die Anspannung stieg. Freudige Erwartung. Unruhig ging er mit gesenktem Kopf jeweils ein paar Schritte in die eine, dann wieder in die andere Richtung. Als würde sich dadurch die Zeit schneller vorwärts drehen. Er würde sie beeinflussen können. Wie er das regelmäßig erfolgreich bei seinen Geschäften tat. Oder die Liebe voranzutreiben versuchte.

Auf die er nun wartete.

Hier.

Sie einander treffen würden.

Flüchtig.

Zum Zeitvertreib. Zwischendurch.

Er spürte, wie ihn bereits der Gedanke daran erregte. Atmete tief durch. Doch es würde noch dauern. Kurz.

Im Dorf war das sonst nicht so einfach. Sich zu verabreden. Mit jemandem, den man mochte. Wollte man mit diesem beisammen sein. Wenn auch nur auf Zeit.

Denn mehr wollte auch er nicht. Als einander hier im Wald zu treffen. Nächtens. Wenn niemand mehr unterwegs war.

Die kleine Botschaft hielt er noch in der Hand. Die hatte man ihm zugesteckt. Vorhin. Mitten im Tumult. Wer es gewesen war, das hatte er nicht gesehen. Zu viele Menschen waren um ihn herum gestanden.

Doch er hatte so eine Ahnung. Wer es sein könnte. Möglicherweise. Hoffte es zumindest. Hatte ja heftig mit ihr geflirtet. Sie ermuntert. Wie er das öfter tat. Auch mit anderen.

Er wünschte sich, dass sie es verstanden hatte. Nochmals vorbeigekommen war, um ihm die Nachricht zuzustecken. Im Geheimen.

Er sah auf die Uhr. Es war bereits einige Minuten nach der angesetzten Zeit. Er lehnte sich an einen der Schildermasten und wartete geduldig. Ein Rascheln war im Wald zu hören. Bevor er sich umdrehen konnte, spürte er einen gewaltigen Hieb auf seine Schulter. Er stöhnte auf.

Noch einer folgte.

Jetzt lief er weg. Panisch. Nahm wahllos eine Richtung. Nur fort von hier, wo ihn diese Wucht erwischt hatte. Schnell in den Wald hinein. Da würde man ihm nicht folgen. Nicht folgen können. Zu dieser Zeit. Er kannte ihn gut. War hier aufgewachsen. War ihm auch als Jäger vertraut.

Doch es lief ihm jemand nach. Das fühlte er. Das hörte er. Jetzt. Obwohl er rannte. Und das, so schnell er konnte.

Die Äste klatschten ihm ins Gesicht. Ließen seine Haut aufplatzen.

Wieder folgte ein Schlag.

Der brutale Schmerz marterte ihn. Ließ ihn alles vergessen.

Er lief weiter.

Immer tiefer in den Wald hinein.

Doch sein Peiniger folgte ihm. War ihm dicht auf den Fersen. Wie einem Tier. Das erlegt werden sollte. Auf einer Treibjagd.

Er glaubte, ein Schnalzen gehört zu haben. Ah! Womöglich trieb man ihn mit einer Peitsche an. In eine Richtung. In die er instinktiv laufen würde. Auf der Flucht. Seiner Flucht.

Der Verfolger gab ihm die Route vor. Durchs Dickicht. Lenkte ihn durch den Knall der Peitschenschnur. Wie dieser das konnte, verstand er nicht. Er selbst wusste nicht, wohin er lief. Wie konnte ihm daher sein Peiniger punktgenau folgen? Wissen, für welche Richtung er sich entscheiden würde? Dazu in diesem raschen Tempo?

Plötzlich glaubte er, es zu wissen. Weshalb dieser jeden seiner Schritte vor Augen hatte: Er musste eine Wärmebildbrille tragen. Wie die Wildhüter bei Nacht. Konnte daher jede seiner Bewegungen erkennen. Deutlich. War daher selbst immer auf der sicheren Seite. Ohne gegen ein Hindernis zu stoßen.

Er hastete weiter. Durchs Dickicht. Durchs Unterholz. Wollte sich hinter einem Baumstamm verstecken. Seinen Häscher täuschen. Dann ging ein Peitschenhieb auf ihn nieder.

Er nahm es hin. Hinterfragte nichts mehr. Wollte nur weg. Zum anderen Ende des Walds. Hinaus. Ins Freie. Egal, was noch kommen würde. Er würde es schaffen. Das nahm er sich fest vor. Musste es schaffen!

Der Verfolger rückte dichter an ihn heran. Er hörte sein Keuchen. Furcht überkam ihn. Er drehte sich um. Stolperte. Lag wehrlos auf dem Boden.

Der Unbekannte stellte sich jetzt über ihn und sprühte ihm irgendetwas ins Gesicht. Dann hielt er ihm etwas unter die Nase. Wenig später konnte er sich nicht mehr bewegen. Fühlte, wie sich dieser erneut über ihn beugte. War wehrlos. Spürte nur dessen heißen Atem.

In der Dunkelheit konnte er keine Konturen erkennen. Er merkte nur, wie sich dieser an die Hüfte fasste. Etwas vom Gürtel zog.

Dann fühlte er Druck an seiner Kehle. Kurz und fest. Brennender Schmerz und Atemnot überkamen ihn. Man hatte sie ihm aufgeschnitten! Wehrlos. Wie einem angeschossenen Tier. Das man von seinem Leiden erlöste.

Das Blut pulsierte. Er spürte, wie es sich seitlich am Nacken ausbreitete.

Kurz darauf – völlige Finsternis.

1. KAPITEL

Es war einer dieser lauschigen Sommertage, an denen sich Walli Winzer rundum wohlfühlte. Ein Tag, an dem sich ihre einzelnen Programmpunkte gut aneinanderreihten und genügend Zeit zwischendurch für die angenehmen Dinge im Leben blieb. Dazu zählte für die Wiener PR-Agentin auch ein gediegener Vormittagskaffee in einem der gemütlichen kleinen Cafés in der Kremser Fußgängerzone. Dort saß sie gerne, wenn sie Erledigungen in die heimliche Hauptstadt des Waldviertels führten.

Der Chef des Landeskriminalamts Außenstelle Krems hatte sie zuvor zu sich ins Büro gebeten. Im Vertrauen hatte er sie um ihre Meinung bezüglich eines Falls gefragt. Der hatte zwar rein gar nichts mit Öffentlichkeitsarbeit zu tun. Aber Oberst Dr. Ludwig Weichselbaumer hatte einst ihre gute Kombinationsgabe kennen und schätzen gelernt. Auch der ungewöhnliche Zugang, den sie zu bestimmten Themen hatte, gefiel ihm. Nicht zuletzt wohl auch sie selbst, schmunzelte sie bei dem Gedanken daran.

Doch im aktuellen Fall hatte er sie nach ihren Eindrücken und Ansichten bezüglich des Kunstmarkts gefragt.

Da Walli Winzer sich seit einiger Zeit für Malerei interessierte und sich als versierte Galeriebesucherin erwiesen hatte, erzählte sie ihm Interna, was die Beschaffung von Kunstgegenständen aus Übersee anging. Denn Walli hatte vor Kurzem damit begonnen, eine kleine Kunstsammlung aufzubauen. Dabei lasse sie sich hin und wieder sogar besondere Kunstwerke aus New York nach Wien holen, hatte sie ihm beim letzten Treffen erzählt, was er sich offenbar gemerkt hatte.

Jetzt saß Walli an einem kleinen Kaffeehaustisch unter einem Sonnenschirm mit einem Caffè Latte und einem Glas Wasser vor sich. Anregungen zur Lösung des Falls konnte sie Weichselbaumer allerdings keine bieten. Aber vielleicht war doch manches dabei gewesen, was ihn und seinen Mitarbeiterstab in der Sache weiterbringen konnte. Jedenfalls hatte er sich sehr gefreut, sie nach Längerem wiederzusehen. Beide stellten fest, dass sie einander das letzte Mal vor etwa einem halben Jahr getroffen hatten.

Walli nahm einen Schluck. Der Caffè Latte förderte sofort ihr weiteres Wohlbehagen. Denn diese Art der Kaffeezubereitung mochte sie besonders. Dieses Elixier weckte zu jeder Tageszeit ihre Lebensgeister.

Entspannt blickte sie während des nächsten Schlucks zur Fußgängerzone. Viele Menschen waren unterwegs. Am Vormittag wollten sie noch schnell alles erledigen, bevor die große Mittagshitze beginnen würde. Auch war heute Markttag. Ihre Jugendfreundin Lena Breitenecker samt Familie verkaufte hier regelmäßig ihre

Bauernprodukte. Sie dort zu besuchen, war ihr nächstes Ziel.

In dem Menschengewimmel blieb nun ein etwa Vierjähriger nahe ihrem Cafétisch stehen. Da sich die angehende Mittagshitze inzwischen langsam bemerkbar machte, waren seine Eltern damit beschäftigt, dem Geschwisterchen das Jäckchen auszuziehen. Sichtlich genervt vom plötzlichen Aufmerksamkeitsentzug streckte der Bub Walli aus Langeweile die Zunge heraus und zog dabei eine Grimasse.

Okay. Das war auch eine Möglichkeit, Kontakt mit ihr aufzunehmen, reagierte Walli Winzer verblüfft. Sie glaubte, nicht richtig zu sehen. Es war allerdings nicht die giftgrüne Farbe seiner Zunge, die sie irritierte. Offenbar hatte er kurz zuvor eine dieser gefärbten Wassereissorten geschleckt. Nein. Sondern dass er gar nicht aufhören wollte, ihr sein grünes Ding zeigen zu wollen.

Walli schlürfte daraufhin vom Milchhäubchen und präsentierte dann ebenfalls ihre weiß gewordene Zunge. Da er davon unbeeindruckt blieb, pustete sie ihm schließlich einen Teil des Schaums entgegen.

Jetzt quietschte er erschrocken, was zur Folge hatte, dass er seine Zunge ganz schnell wieder versteckte. Seine Eltern schauten nun in Wallis Richtung.

Da Walli vom Aufziehen des Caffè Latte immer noch einen breiten Milchrand um ihre Lippen hatte, der auf ein Kleinkind durchaus furchterregend wirken konnte, zog die Mutter ihren Sohn fort. Im Weggehen drehte sie sich nochmals um und warf Walli einen bösen Blick zu.

Ihre Umgebung allerdings hatte von alldem nichts mitbekommen. In ihrer Nähe saß nur ein älterer Mann, der in seine Zeitung vertieft war. Während eine jüngere Frau ihrem kleinen Hund eine Schinkenscheibe in den leeren Aschenbecher legte und ihn auf den Boden stellte.

In einer Kleinstadt ließ sich niemand so leicht aus der Ruhe bringen. Das war auch das Charmante daran.

Walli Winzer sah noch einmal nach dem Zwergmalteser. Der machte sich inzwischen begierig über die unerwartete Morgengabe seines Frauchens her. Das erinnerte Walli daran, dass sie nicht vergessen durfte, Futter und Leckerlis für ihren Kater Filou einzukaufen. Letztens war er nämlich enttäuscht abgerauscht, als sie ihm außer Streicheleinheiten nichts außerhalb der regulären Futterzeit anbieten konnte. Filous Rituale zu umgehen, konnte mitunter fürchterlich enden. Sein Fantasiereichtum schien, was Streiche betraf, nahezu unerschöpflich zu sein. Zumindest war Walli Winzer regelmäßig überrascht, was ihm alles einfiel.

Sie sah erneut zum Malteser, der nun fertig gefressen hatte. Entspannt wechselte er seine Körperhaltung und markierte genüsslich die Fassade des kleinen Cafés. Da die junge Frau im Taschenspiegel ihre Lippen mit einem Stift nachzog, hatte sie nichts davon bemerkt. Die Kellnerin hingegen entrüstete sich lauthals, weshalb der Kleine sich nun ängstlich hinter Frauchen versteckte. Über die lautstarke Maßregelung war die Dame nun aber gar nicht erfreut, legte ihr Schminkzeug in die

Handtasche zurück und einen Zehneuroschein forsch auf den Tisch. Dann nahm sie ihren Hund an die Leine und verließ ohne Gruß das Café.

Walli Winzer wollte ursprünglich nochmals die Liste der zur Vernissage in ihr Haus geladenen Gäste durchgehen. Sie wollte sichergehen, auch niemanden vergessen zu haben. Was auch kein Unglück gewesen wäre, da sie sowieso immer mehr für das Catering einplante. Denn es fanden sich oft noch einige, die sich spontan für ihre Kunstneuerwerbungen interessierten und denen sie auch gleich Produkte, die sie mit ihrer Agentur vertrat, vorstellen konnte.

Sie las eben die ersten zehn Namen, als sich Hektik auf der Fußgängerzone breitmachte. Im letzten Moment sah sie einen Jugendlichen, der sich eilig durch die Menschenmenge schlängelte und in eine der Seitengassen einbog. Ihm lief, weit abgeschlagen, ein schlanker, grau melierter Mann nach.

Erschöpft blieb er in der Mitte der Straße stehen, stützte die Hände auf seine Oberschenkel und atmete erst einmal in Ruhe durch. Danach erhob er sich wieder.

Einige der Passanten deuteten zur Gasse hin, in die der Junge gelaufen war. Doch der Mann winkte resigniert ab: »Danke, aber den erwische ich nicht mehr.« Er atmete immer noch schwer. Einige der Männer drohten mit ihrer Hand in die Richtung des Burschen, als wollten sie ihm eine Tracht Prügel ankündigen, für den Fall, dass er wiederkäme.

Als sich der Verfolger umdrehte, erkannte Walli Winzer ihn. »Hans, Hans!«, winkte sie ihn zu sich und sprang dabei auf, damit er sie nicht übersah.

Langsam kam er zu ihr, um sich in den Stuhl neben ihr fallen zu lassen.

»Was ist denn passiert?«, fragte sie Hans Breitenecker, den Ehemann ihrer besten Freundin Lena.

Er stöhnte wütend und warf dabei den Kopf zur Seite. »Ein Dieb hat unsere Tageskassa mitgenommen. Wir standen zu viert am Stand und waren alle beschäftigt. Das hat er ausgenützt. Ist zwischen uns durch und hat sich die Box mit dem Geld geschnappt.«

»Wieso das? War die denn nicht in die Kassa integriert?«

»Frag mich nicht danach. Wir haben zwar unseren Betrieb aufs Modernste umgestellt. Aber da immer wieder Aushilfskräfte im Verkauf mitarbeiten, wollte unsere Mizzi Troger, dass die Registrierung und die Kasse getrennt voneinander geführt werden. Tja. Man wird halt doch nur aus Schaden klug.«

Walli verzog mitleidig ihr Gesicht: »Ja, sicher ärgerlich. Hast du den Dieb gekannt? Also, hat er bei euch einmal mitgearbeitet?«

»Nein, offensichtlich hat er hinter all den parkenden Autos am Platz gelauert und dann im passenden Moment zugeschlagen.«

»So ein Pech. Was machst du jetzt?«

»Ja, nix. Den krieg ma nimma. Die Umsätze für einen Tag Arbeit sind einfach weg.«

»Komm, ich lade dich auf den Schrecken hin zu einem Drink ein.«

»Echt nett von dir. Aber die anderen warten auf mich. Die wollen wissen, was los ist. Auch wenn mein Sprint umsonst war. Das muss ich ihnen sagen.«

»Warte, ich bin sowieso fast fertig mit meinem Caffè Latte. Ich komm gleich mit.«

Walli Winzer winkte die Kellnerin herbei, bezahlte und machte sich gemeinsam mit Hans auf den Weg.

»Na, ihr macht ja Gesichter!«

Lena Breitenecker sah ihnen die Enttäuschung offenbar schon von Weitem an. Sie fragte erst gar nicht nach. Hans begann wortlos, wohl um sich abzureagieren, die aufgereihten Käselaibe aus der eigenen Handproduktion zu sortieren. Danach beugte er sich zu den Gemüsesteigen, denen er einen Tritt versetzte, um sie näher an den Verkaufstisch rücken.

Seine Frau strich ihm beruhigend über den Rücken, bevor er wieder hochkam. Dafür blickte er sie dankbar an, blieb aber dennoch auf Distanz zu ihr. Die erfolglose Verfolgungsjagd dürfte ihn noch ein wenig beschäftigen.

Hans Breitenecker war nämlich ein sportlicher Typ. Dennoch schien ihm bewusst geworden zu sein, dass nicht mehr alles in seinem Leben so ablief, wie er es bisher gewohnt war. Obwohl er immer noch fit war, hatte ihm ein junger Mann eben vor Augen gehalten, dass mit fünfzig seine besten Jahre hinter ihm lagen. Dabei war er einst Leistungssportler und österreichischer Jugendmeister im Bogenschießen gewesen. Dafür musste er damals hart trainieren. Sein Körpergefühl hatte er sich bis heute bewahren können. Doch: Es war mittlerweile anders geworden.

Als er jetzt unschlüssig vor einer Steige an der geöffneten Heckklappe des Autos stand, nahm ihm Sohn Lukas, der sich nach ihm umgedreht hatte, die Entscheidung ab. »Warte, ich mach das schon und bring sie zum Stand.«

Hans lachte und ließ ihm den Vortritt.

»Is zwar alles ärgerlich, aber es soll trotzdem nix Schlimmeres passieren«, murmelte er vor sich hin.

Walli Winzer ging auf die Freundin zu, die eben dabei war, einer Frau ein Kilo Zwiebeln in die Tasche zu stecken.

Hans stand neben ihr. »Der Polizei sollten wir das schon melden. Auch wenn's eh nix nutzt, da der Bengel längst über alle Berge ist.« Er griff nach seiner Trinkflasche.

»Zumindest für die Statistik. Aber manchmal kommt so einer zurück und versucht es noch einmal, weil er glaubt, dass sein Coup gelungen ist. Vielleicht kann man gegenüber eine Überwachungskamera an einem der Geschäftsportale anbringen. Dann erkennt man ihn«, ermutigte ihn eine sportlich-elegante Frau mittleren Alters, die zum Stand gekommen war.

Lena schien sie zu kennen, begrüßte sie freundlich und wechselte einige Worte mit ihr.

Walli stellte sich näher zu Hans, der inzwischen von einer Traube Neugieriger umringt war. Er schilderte seine Wahrnehmung des Vorfalls, der alle interessierte und dessen Erzählung sie betroffen lauschten. War es doch gerade die Familie Breitenecker, die stets ein Herz für soziale Anliegen hatte. Von deren Selbstlosigkeit hatten sich schon viele auf dem Markt überzeugen können. Oft gaben sie Einkommensschwächeren noch etwas auf den Einkauf drauf. Die Bauern der anderen Stände wollten daher alles genau wissen, um mögliche Diebstähle bei sich zu vermeiden.

»Aber i glaub, der kummt eh nimma.«

»Jo, i glaub's, ehrlich g'sogt, a net«, bestätigte ein anderer.

Hans sah zwischendurch aus dem Gespräch hoch und beobachtete die ihm Unbekannte, die nun einen Marktstand weiter gegangen war.

Lukas Breitenecker hatte jetzt den Verkauf am Stand übernommen. Das gab seinen Eltern die Möglichkeit, sich ein wenig länger mit den anderen auszutauschen.

Da Walli Winzer noch neue Aquarellfarben und Zeichenpapier kaufen wollte und den Eindruck hatte, derzeit ohnehin nicht gebraucht zu werden, nickte sie Hans zum Abschied zu und meinte zu ihrer Freundin: »Lena, wir reden noch wegen übermorgen!«

2. KAPITEL

Sie liebte es, mit ihrer Street Bob durch die sanften Hügel des Waldviertels zu gleiten. Das Schnurren der schweren Harley Davidson beruhigte sie nicht nur, sondern fügte sich friedlich in die malerische Landschaft mit ihrem schachbrettartigen Raster bunter Felder ein.

Walli Winzer kannte nach den Jahren, die sie nun schon hier verbrachte, jede Kurve ihres Heimwegs von Krems nach Großlichten. Deshalb erlaubte sie sich, auf den geraden Straßenabschnitten auch ein wenig nach links und rechts in die dunklen Wälder hineinzuschauen, die etappenweise ihren Weg säumten.

Na ja, so schnell fuhr sie auch nicht. Selbst wenn ihr wie heute, in der Wochenmitte, kein Auto entgegenkam. Leichtsinn war nicht ihr Ding. Einen Kick verursachte so etwas ebenso nicht bei ihr. Auch jetzt nicht. Für Walli Winzer war es vielmehr das Herunterkommen von all den Gedanken, die sie den Tag über begleitet hatten und denen sie zumindest etappenweise entfliehen wollte.

Wie jetzt.

Auf dieser entspannten Fahrt quer durch die Natur. Denn sie hatte nicht die Bundesstraße genommen, sondern fuhr über Nebenstraßen durch Senftenberg und an Lichtenau vorbei, auf einer landschaftlich besonders schönen Route. Nicht nur die sanfte Gleichförmigkeit beruhigte sie. Auch ihre Augen entspannten sich bei dem, was sie sahen. Das war vor Kurzem noch anders gewesen.

Denn Walli war schließlich ebenso gerne in der Stadt, genoss es, in Wien zu sein. Obwohl viele meinten, dass Wien im Vergleich zu anderen Städten eine verschlafene Großstadt sei, war das nicht ihr Eindruck. Wollte man in der PR-Branche erfolgreich sein, musste man an jedem wichtigen Ort, bei jedem schicken Event auftauchen. Noch besser wäre es, an zwei Orten gleichzeitig zu sein. Nicht nur zwecks Marktbeobachtung und daher im ureigensten Interesse, sondern auch aus purer Lebensfreude. Und die hatte die PR-Agentin immer noch zur Genüge.

Plötzlich läutete ihr Mobiltelefon in der Seitentasche ihrer Motorradjacke. Da Walli Winzer einen Rückruf von Silvia Manner, ihrer Co-Geschäftsführerin der Agentur »Firebird«, erwartete, ließ sie die Street Bob in den Hohlweg des Waldes rollen und blieb stehen. Sie kippte die Maschine auf den Abstellständer und stieg ab. Während sie das Handy aus der Jackentasche zog, ging sie den Hohlweg einige Schritte entlang und sah dabei aufs Display.

Ja, es war Silvia gewesen.

Schnell rief sie zurück und freute sich, sogleich die Stimme ihrer einstigen Mentee und Ziehtochter zu hören. Ihre Firma führte Walli familiär. Sie suchte sich ihre Mitarbeiterinnen und Mitarbeiter genau aus. Silvia und der verlässliche Tobias Stieglitz waren auch in die Entscheidungsprozesse eingebunden. So fühlten sich alle mitverantwortlich und waren in belastenden Zeiten motivierter. Das machte ihren Betrieb schließlich erfolgreich, war Walli Winzer überzeugt. Eine Truppe von Individualistinnen und Individualisten mit dermaßen unterschiedlichen Vorstellungen und Charakteren, wie sie bei ihr tätig waren, konnte sie nur auf diese Weise unter einen Hut bringen und zusammenhalten. Sich selbst eingeschlossen. Was ihr wichtig war: Sie alle schätzten einander, jede und jeden auf seine Art.

»Walli, gut, dass ich dich erwische. Stelle dir vor: Wir haben tatsächlich die Nina Wenger für die Präsentation gewonnen. Was sagt du dazu? So lange bin ich schon hinter ihr her, und endlich hat es geklappt!«

Walli Winzer musste erst ihre Gedanken ordnen. Denn die Fahrt über hatte sie sich nicht mit dem bevorstehenden Ereignis in ihrem Haus beschäftigt.

»Ach ja, ist das nicht die Worldmusic-Künstlerin mit Musikern aus Italien, Indien und Südamerika?«, fiel ihr schließlich ein.

»Ja genau, ich hab dir von ihr erzählt. Besser gesagt: Letztens, als du bei uns warst, hat dir ihr Musikstil so gut gefallen. Wir haben gemeinsam überlegt, sie für eine unserer Veranstaltungen zu engagieren. Und jetzt will sie mit ihrer Formation übermorgen nach Großlichten kommen, weil kurzfristig ein Konzerttermin ausgefallen ist.«

»Na, das trifft sich hervorragend!«, zeigte sich Walli Winzer hellauf begeistert. »Da kannst du ja auch ein paar unserer neuen jungen Vertragspartnerinnen und Vertragspartner ad hoc dazu einladen. Ich werde noch für etwa sechs Personen mehr Catering bestellen.«

»Gute Idee. Wir konnten unsere Visualisierungskünstlerinnen noch in keinem Rahmen bekannt machen. Das wäre jetzt eine gute Gelegenheit, sie mit einem Teil unserer Kundinnen und Kunden zusammenzuführen. In persönlichen Gesprächen kommt man einander näher. Ideen können sich dadurch besser entwickeln.«

»Ja, obwohl wir mit unserer PR-Agentur, was Ideenreichtum betrifft, weit über unsere Aufgabe in der Öffentlichkeitsarbeit hinausgehen. Aber das ist unser Plus: anderen ein Stück voraus zu sein.«

Walli Winzer ging den Waldweg während des Telefonats ein Stück entlang und sah dabei dem malerischen Schattenspiel der Sonne auf dem Moos eines der Wackelsteine zu. Die Zweige der Buchen waren es, die die Hell-Dunkel-Kontraste lebendig werden ließen.

»Immer am Drücker, meine Liebe?«, lachte Silvia Manner laut am Telefon. Walli hatte den Eindruck, dass sich der helle Schlusston kurz darauf als Echo im Wald ausbreitete.

»So-wie-so«, sprach Walli ihre Antwort lang gezogen, aber gedämpft ins Handy.

»Frag nicht so«, setzte die Freundin amüsiert nach. »Um dich herum ist ja immer etwas los. Anders wird dir doch langweilig. Vor allem, wenn wir nicht bei dir sind!«, kicherte Silvia abermals.

Walli Winzer drehte sich zur Seite und lehnte sich jetzt an einen der riesigen Wackelsteine. Einige gab es auch hier im südlichen Waldviertel und nicht nur im Norden. Ihren Blick ließ sie schweifen. Anhand ihrer entspannten Mimik hätte Silvia gleich erkannt, dass ihr das Plätzchen gefiel.

»Etwas anderes würde ich mich ja gar nicht getrauen zu behaupten. Aber ganz so ist es auch nicht. Du weißt doch: Ich male seit einiger Zeit. Bei schönem Wetter bin ich gerne unterwegs und suche mir ein geeignetes Landschaftsmotiv, das mich inspiriert. Ich glaube, ich habe eben wieder ein neues entdeckt.«

Abermals war Lachen hören. »Sonja wird dich noch unter Vertrag nehmen, wenn du so weitermachst.«

Walli wusste natürlich, dass Silvia Spaß machte. Die renommierte Galeristin Sonja Frey beriet sie seit einiger Zeit bei der Erweiterung ihrer Kunstsammlung. Daher antwortete sie entsprechend: »Ich würde mit Sicherheit eine Lücke in Sonjas Kunstportfolio füllen. Denn niemand führt den Pinselstrich so wie ich. Man muss tatsächlich zweimal hinschauen, um zu erkennen, was es sein soll.« Beide amüsierten sich weiterhin köstlich.

»Nein, Silvia, ich mache das bewusst: Die Landschaft inspiriert mich zu einer Idee. Ich sitze mit meiner Staffelei und dem Malkasten davor, höre in mein Innerstes und führe den Gedanken intuitiv aus.«

»Das hört sich tatsächlich kunstbeflissen an. Ich erinnere mich noch gut an Nadjas Worte. Du weißt ja, meine Ex-Freundin, die Malerin, die bei Sonja unter Vertrag war und die sie mir dann ausspannte.«

Da Silvia einst sehr darunter gelitten hatte, zog Walli es vor, bloß kein Wort darüber zu verlieren, und antwortete mit einem nebulosen: »Hm.«

»Denn Nadja schöpfte ihre Ideen auch aus dem Sachbereich. Zum Beispiel aus einer Aluminiumdose, deren Abschnitte sie von verschiedenen Perspektiven aus fotografierte und später am Computer mit einem Spezialprogramm verzerrte oder anders veränderte. Der Bearbeitungsprozess erwies sich bereits als sehr kreativ. Und du weißt, ihre Kunstwerke waren ungewöhnlich. Wie Nadja. Abstrakt. Entstanden ganz ohne Drogen.«

Walli Winzer erinnerte sich genau an Nadja. Daran, wie sehr sie Silvia durch die Trennung verletzt hatte. Weil Sonja sie mehr zu verstehen schien und auch entsprechend unterstützte. Silvia hingegen half Walli damals bei der Etablierung der Agentur. Leistete sehr viel persönlichen Einsatz. Bis sie plötzlich eines Tages in der leeren Wohnung saß. Ohne Nadja, die alles mitgenommen hatte und faktisch über Nacht ausgezogen war.

Ihre Trauer über den Verlust hatte Silvia lange nicht überwinden können. Sie hatte sich nahezu in Arbeit vergraben. Walli hatte das nur recht sein können. Denn wer würde eine Mitarbeiterin schon daran hindern, ihr

Bestes zu geben? Also hatte sie eine Zeit lang zugesehen, um Silvia irgendwann doch auch ein wenig vor sich selbst zu schützen.

Hier im Waldviertel war sie schließlich Anna begegnet, der Nichte ihrer Nachbarin Sybille Karner, mit der sie Freundschaft geschlossen hatte. Nach gemeinsamen Recherchen zu einem von Wallis Fällen und anschließend einem Jahr Vertrautheit war schließlich mehr daraus geworden. Denn Anna Karner war ebenso Wienerin, und sie verstand es geschickt, Silvia aus ihrem verbohrten Alltagstrott herauszulotsen.

Walli Winzer freute sich über die Beziehung und hatte Anna von Anfang an ins Herz geschlossen. Und das, obwohl ihre mitunter anstrengende Tante Wallis Nachbarin war. Anstrengend nur in dem Sinn, dass sie eben anders als sie selbst war. Gott sei Dank, hob sie unbewusst ihre Augen gen Himmel. Denn wenn sie, Walli, nur halb so aufdringlich und neugierig wäre wie sie, die das nicht im Geringsten zu verbergen suchte, dann würde sie an sich selbst verzweifeln.

Gut, manch böse Zunge in Wallis Umgebung würde jetzt nicht sofort darauf antworten, woraus sie wohl auch wieder Schlüsse ableiten könnte.

Nein, doch so wie die Karner? Auf keinen Fall! So war sie sicher nicht. Empören würde sie sich über solch einen anmaßenden Vergleich. Andere Leute zu belauern oder zu belauschen. Dabei alle nur erdenklichen Vorschriften einzumahnen, doch sich selbst an nichts zu halten. Solche Pharisäer waren Walli schließlich die liebsten: Erwürgen wollte sie diese! Doch davon nahm sie Abstand. Vielmehr fand sie jedes Mal ein paar treffende Worte, wandte sich ab und zeigte ihrem Gegenüber letztlich elegant den Rücken, um nicht zu sagen: ihr Hinterteil. Dieses Verhalten kannte Sybille Karner mittlerweile recht gut und begab sich oft erbost zurück in ihr Haus.

»Sag, Walli, ist es dir recht, wenn Anna und ich ab morgen für die Präsentationsvorbereitung bei ihrer Tante wohnen?«

Das durfte jetzt nicht wahr sein! Dieser Vorschlag traf Walli wie die sprichwörtliche Faust aufs Auge. Nein. Vielmehr empfand sie diesen als gewaltigen Schlag mitten ins Gesicht. Sie fühlte ihr Vertrauen in Silvia beeinträchtigt. War sie doch über die Zeit wie eine Tochter für sie geworden. Mit der sie schwierige Situationen meisterte. Auch eigene. Das verband.

»Warum das plötzlich?«, konnte sie sich nicht verkneifen zu fragen.

»Walli, du kennst ja die Sybille. Manchmal hat sie so Anwandlungen. Da verspürt sie so etwas wie den großen Weltschmerz. Dass alle gegen sie sind und das Schicksal es bisher nicht gnädig mit ihr gemeint hat. Vielleicht sind das auch nur die Auswirkungen der Menopause auf ihre seelische Beschaffenheit.« Sie lachte. »Auch dir wird das einmal passieren. Oder ist es das schon?«

Rums. Das auch noch. Der nächste Schlag unter die Gürtellinie.

»Also bei mir gibt es das noch lang nicht«, flunkerte Walli Winzer. Ihr seelisches Gleichgewicht drohte eben, obwohl ihre Menopause bereits hinter ihr lag, ins Wanken zu geraten. »Und wenn, dann führe ich mich nicht so hysterisch wie *die* auf.«

»Walli, meine Liebe, bitte erspare mir jetzt den kleinen Untergriff: Aber manchmal könnte man meinen, dass auch du dich mittendrin befindest.«

»Also hör mal zu: Falls du damit besondere Momente meiner kreativen Phasen meinst, kann ich dir nur so viel sagen, dass sie uns allen auftragsmäßig nützen. Falls du aber auch sagen möchtest, dass die Karner mit ihrem biederen Modegeschmack nur annähernd an meinen Look herankommt, dann bin ich ernsthaft beleidigt.«

Silvia Manner erkannte wohl, dass sie einen wunden Punkt Wallis getroffen hatte, den sie versuchte, sarkastisch beiseitezuschieben. Auch sie freute sich doch. Immerhin hatten sie einander einen Monat lang nicht gesehen. Nur telefonisch und via Skype miteinander konferiert. Daher lenkte sie ein: »Walli, ich freue mich doch auf dich. Aber Anna hat ihre Tante lang nicht gesehen. Sybille stand immer felsenfest zu ihr. Das vergisst sie ihr nicht. Sogar als ihre Eltern erst einmal über Annas Outing geschockt waren. Sybille hingegen war entspannt und fand die richtigen Worte. Auch vor ihrem Bruder, Annas Vater. Ihr lockerer Umgang färbte schließlich auf die Familie ab, und alles ist heute für alle paletti und selbstverständlich. Sie liebt Anna wie ihre Tochter. Ohne Wenn und Aber.«

Walli Winzer merkte, dass sie beide entgegengesetzte Zugänge bezüglich Sybille Karner hatten. Dass sie die Tage in Großlichten in deren Haus verbringen würden, stand nun für sie fest. Daher schlug Walli vor: »Nachdem ihr morgen eure Koffer ausgepackt habt, könnt ihr ja bei mir zum Abendessen vorbeischauen. Was hältst du davon?«

»Großartig«, tönte es vom anderen Ende der Leitung.

Walli Winzer war nun bereits länger an einer Stelle gestanden und ging daher einige Schritte weiter, als plötzlich irgendetwas in den Baum neben ihr einschlug. Mit einem Schrei wich sie erschrocken zurück. Aus dem Mobiltelefon hörte sie Silvia laut nach ihr rufen. Im Affekt ließ sie sich auf den Boden fallen und wartete ab, was folgen würde. Doch alles blieb ruhig.

Kurz darauf sah sie ein Paar in ihre Richtung laufen. Als die beiden bemerkten, dass sich Walli inzwischen aufrichtete, riefen sie ihr hektisch etwas zu. Walli verstand kein Wort, da sie zu weit weg waren. Doch aus deren Reaktion schloss sie, dass diese verunglückte Aktion keineswegs gewollt gewesen sein konnte.

»Verzeihen Sie vielmals! Das war keine Absicht.«

Der Mann ging auf den Baum zu und bemühte sich angestrengt, einen Pfeil aus dem Stamm zu ziehen. Die Frau stand inzwischen vor Walli und umarmte sie erleichtert. Dann meinte sie: »Wissen Sie, ich bin im Bogenschießen noch ungeübt. Und der ging nun in eine völlig andere Richtung, als von mir angepeilt.«

Walli Winzer strich sich das trockene Moos von ihrem

olivfarbenen Hosenanzug und einige Blätter aus ihrem langen blonden Haar. Der Schreck saß ihr noch fest in den Gliedern. Sie spürte ein Brennen im Brustkorb und ein Würgen im Hals. Sie blickte das Paar entgeistert an: »Sagen Sie, sind Sie wahnsinnig geworden, hier wie wild drauflloszuschießen?«

Der Mann reagierte genauso betroffen: »Wie gesagt, der Pfeil sollte eine der lebensgroßen Wildtiere aus Plastik treffen. Hier im Wald. Mehrere Stationen sind im Plan eingezeichnet. Dass meine Frau so viel Kraft für den Pfeil haben würde, hätte ich ihr gar nicht zugetraut.« In seiner Bemerkung schwang ein hämischer Unterton mit.

Diese sah ihn barsch an und bezog vor ihm Stellung. »Die hab ich auch sonst«, drohte sie ihm mit dem Bogen der Hand.

Währenddessen war Silvia am Telefon geblieben und schrie sich nach Walli mittlerweile die Seele aus dem Leib. Sie sollte sich doch endlich melden! Walli wühlte im Laub, bis sie endlich das Handy hervorzog. »Ja, da bin ich wieder«, sagte sie erleichtert.

Das Paar war inzwischen fort.

Ein Entrüstungsorkan der Sorge ging auf sie nieder. Lautes Schluchzen folgte.

Walli ließ es über sich ergehen, erzählte, was los gewesen war, und lächelte milde.

Jetzt wusste sie wieder mit Sicherheit, was sie Silvia bedeutete.

Komme, was da wolle.

3. KAPITEL

Für heute hatte sie sich einen freien Tag reserviert. Den wollte sie allein verbringen. Eigentlich war sie deshalb vor einigen Jahren auch hierher nach Großlichten ins südliche Waldviertel gezogen. In die Ruhe und Stille. Fort von der Stadthektik. Und wie jetzt im Hochsommer auch noch: weg aus deren mörderischer Hitze.

Walli Winzer lebte jetzt in einem kleinen Ort nahe Gföhl. In dem sich bloß die Füchse Gute Nacht sagten. Aber nicht nur diese. In den weit ausladenden Wäldern lebten auch Rehe, Hasen, Eulen und – das hatte ihr einmal jemand erzählt – manchmal sogar Wölfe. Die verirrten sich vereinzelt vom nördlichen Waldviertel herunter. Allerdings war das nicht oft der Fall.

Walli hatte sich ein Wochenendhaus erworben, das sie so oft wie möglich bewohnte. Ein altes Schulhaus hatte lang leer gestanden und hätte abgerissen werden sollen. Lena hatte sie darauf aufmerksam gemacht. So hatte sie sich für dieses altehrwürdige Objekt entschieden. Besser gesagt: Lena Breitenecker hatte es ihr eingeredet, gemeinsam mit Mizzi Troger, deren Nachbarin. Diese war zugleich umtriebige Vorsitzende des Dorfverschönerungsvereins. Für Walli hatten die beiden im Handumdrehen aus einem alten Haus mit verwahrlostem Garten ein stilvolles kleines Anwesen gezaubert. Den Blick aus dem Haus auf die an die Feldraine angrenzenden Wälder genoss Walli Winzer immer wieder.

Einige Aquarelle hatte sie bereits von ihrem Lieblingsplatz im Garten gemalt. Das war noch ganz am Anfang ihrer Malfreude gewesen. Als sie Motive und Perspektiven erst für sich hatte entdecken müssen. Dennoch war keine Meisterin vom Himmel gefallen. Auch mit ihr nicht. Doch mit der Zeit entwickelte sich ihr Können: Je geübter sie technisch wurde, desto eigenständiger wurden ihre Gedanken. Besser gesagt: Es war nicht nur die Landschaft, die sie malte, sondern unbewusst flossen Motive aus ihrem Leben und ihrer unmittelbaren Beobachtung ein. Das hatte ihr zumindest Sonja Frey so erklärt, nachdem sie kürzlich einige ihrer Bilder gesehen hatte.

Walli hatte ihr einige Aquarelle so nebenbei gezeigt, als sie gemütlich in deren Galerie in der Wiener Innenstadt beisammengesessen waren. Sonja hatte das Portfolio einiger interessanter Künstlerinnen und Künstler für sie zusammengestellt. Walli Winzer hatte sich dann entschieden, einige dieser Gemälde und Zeichnungen zu erwerben. Diese würde sie auch in ihrer Vernissage präsentieren.

Bis morgen Abend blieb Walli Winzer allerdings nicht mehr viel Zeit. Und die wollte sie entspannt verbringen. Ohne permanentes Nachfragen bei allen Beteiligten. Im Vorfeld hatte sie alles mit ihnen besprochen. Da würden sie doch imstande sein, die Vorbereitungen selbstständig zu treffen. Ohne ständig wegen jedes Handgriffs bei ihr nachzufragen. Das sollten sie – wenn überhaupt – dann bei ihren Mitarbeitern Silvia und Tobias tun. Obwohl Walli das auch nicht wirklich verstehen würde. Denn man engagierte nicht eine Firma, um deren Mitarbeitern dann jeden Handgriff erklären zu müssen. Da konnte man ja gleich alles selbst machen.

Was jetzt oft als Firma herumlief, war richtiggehend erschreckend. »Learning by Doing« konnte man da nur sagen. Ja, wenn es nur bis zum Doing käme, ärgerte sie sich bei dem Gedanken daran. Einige solch wenig gelungene Experimente hatte Walli Winzer sofort abgestellt. Eine erste Chance zu vergeben, war gerade noch zulässig. Glaubten diese aber beim nächsten Mal, ihren Auftraggeber wieder für sich arbeiten zu lassen, war es allerdings deren letztes Mal gewesen. Da war es dann klar für sie, dass aus so einer Firma nie etwas werden würde, wenn Engagement und Selbstreflexion fehlten.

Daher hatte Walli heute das Mobiltelefon auf lautlos gestellt. Sie saß auf einem Stuhl vor der Staffelei, sah in ihren Malkasten und überlegte, welcher der Grüntöne heute ihrer Eingebung entspreche. Da sie ihn keinesfalls dem realen Dunkelgrün der Wälder vor sich, anpassen wollte, entschied sie sich für die Beigabe von Blau und Rot, die mit dem satten Grün eine deutlich erkennbare violette Färbung ergab. Ja, damit war sie zufrieden. Walli Winzer musterte einige Probelinien, die sie gezogen hatte.

Mit ein paar Bleistiftstrichen legte sie die Proportionen auf dem Zeichenblatt fest. Dann schloss sie die Augen und sah die Landschaft mit Getreide- und Rapsfelder nur noch in Gedanken vor sich. Spürte dabei deren Unendlichkeit bis zum Horizont. Den hatte sie auf dem Blatt Papier weit zurückversetzt. Die Felder würden dadurch in der Pinselführung besonders gut zur Geltung kommen.

Überschwängliche Gefühle überkamen sie. Die wollte sie sofort festhalten. Nicht nur für die Formung des Waldes. Im Bild breitete sich von diesem weg starker Wind über die Fluren aus, der die Ähren in Bewegung versetzte. Dies war weit bis zum Horizont hin sichtbar. Auch das gelbe Rapsfeld blieb davon nicht verschont. Um die Dramatik des Sturms zu verstärken, mischte Walli der gelben Farbe einiges an Blau und Rot bei. Als sie aus dem Farbenrausch hochsah, war sie mit dem Ergebnis sehr zufrieden.

Erleichtert und erschöpft zugleich lehnte sie sich in den Klappstuhl zurück. Wieder schloss sie die Augen, um auch gedanklich aus ihrer Kunstwelt langsam wieder in die Wirklichkeit zurückzukehren.

Ein schroffer Klingelton ließ Walli Winzer die Reise schneller antreten, als ihr lieb war. Dabei glaubte sie, ihr Handy abgeschaltet zu haben. Was war da los?

Sie blickte um sich und sah wenig entfernt einen schlanken, großen Mann auf sich zukommen. Wäre er bereits näher im Blickfeld gewesen, hätte er ihre verhaltene Reaktion wohl erkennen müssen.

Doch rief er ihr gut gelaunt zu: »Hallo, Frau Winzer!«

Die PR-Lady verzog keine Miene und blieb unbewegt.

»Was für ein Zufall, dass Sie gerade dieses idyllische Plätzchen fürs Malen ausgesucht haben.« Er stellte sich lachend neben sie. Auf Förmlichkeiten wie einen Handshake verzichtete er. Ihrer beider Verhältnis zueinander war amikal und nicht von Etikette geprägt.

Walli Winzer blieb dennoch distanziert und zurückhaltend. Kurz darauf legte sie ihren Pinsel beiseite und wandte sich ihm zu.

Inzwischen stand er dicht neben ihrem Aquarell und betrachtete es genau. An seinem Zögern erkannte sie, dass er offenbar wenig damit anfangen konnte. Auch wenn er seinen Kopf interessiert nach allen Richtungen bewegte und dabei lustige Verrenkungen machte. Er blickte immer wieder zum entfernt liegenden Wald hinüber. Auch der schien ihm nicht helfen zu können, den richtigen Zugang zu Wallis Werk zu finden. Danach stellte er unumwunden fest: »Hm, einen violetten Wald habe ich allerdings noch nie gesehen, falls das doch noch einer werden soll. Und bei den wirren Strichen, die sie davor gemalt haben, setzt meine Fantasie, ehrlich gesagt, sowieso aus. Ich hoffe, Sie sind mir nicht böse, wenn ich das so freiheraus sage.« Harry Kain stellte sich jetzt einen Schritt hinter das Kunstwerk und signalisierte Walli Winzer auch damit, dass sein Interesse daran erloschen war.

Walli kannte den Journalisten aus vielen Gesprächen gut. Sie schätzte seine analytischen Fähigkeiten, wenn es um politische oder historische Fragen ging. Und sie musste zugeben, dass sie solche in Telefonaten mit ihm dem meist langweiligen Fernsehprogramm eindeutig vorzog. Da hatte sich so etwas wie eine stille Gewohnheit zwischen ihnen entwickelt, sodass sie ihre Gedanken zu bestimmten Themen gerne miteinander austauschten.

Doch jetzt war das sicher nicht der Fall. Walli Winzer war von ihm abrupt aus ihrer Gedankenwelt gerissen worden, was sie unleidlich stimmte. Dann auch noch seine ignoranten Äußerungen hören zu müssen, schlugen augenblicklich dem Fass den Boden aus. Unumwunden empfahl sie ihm daher: »Harry, wollen Sie sich nicht wieder umdrehen und gehen?«

Er verstand und sah ein, dass er mit seiner Meinung eben vielleicht etwas zu direkt gewesen war. Nun ja, Künstlernaturen waren oft sensibel. Eine Seite, die er von Walli Winzer allerdings bisher weniger kannte. Denn sie äußerte ihre Meinung ungefragt zu allen Themen. Das Berufsleben forderte und förderte mit den Jahren Charakterzüge, die sicher nicht der gesamten Persönlichkeit entsprachen. Sondern nur einem Teil davon. Nicht umsonst sprach man vielerorts vom Businesskrieg. Der war eben rau. Da verkümmerte etwas im Innersten. Musste ja verkümmern, um zu überleben.

Wollte jemand erfolgreich sein, musste oft noch eins draufgesetzt werden.

So ging Business.

Das war kein gemütlicher Waldspaziergang. Sondern Kalkül. Der Große fraß den Kleinen. Wer da nicht mitmachte, blieb auf der Strecke. Die gegenwärtigen Zeiten waren sicher nicht einfacher geworden. Die andere Seite der eigenen Persönlichkeit in sich zu suchen oder wiederzuerwecken, war daher ein notwendiges Gebot der Stunde, analysierte Harry still für sich. Und für einige in seiner Umgebung.

Walli Winzer hatte vieles im harten PR-Job erlebt. Da wurden Intrigen gesponnen, um an lukrative Aufträge zu kommen, das wusste er. Werbung und PR verführten Menschen, Dinge zu kaufen, die sie gar nicht brauchten. Sie schafften Begehren, wo keines war. Sonst bräuchte man ja keine Werbung, wenn alle restlos von der Notwendigkeit des angepriesenen Produkts überzeugt waren.

Wahrscheinlich übernahm die Winzer deshalb nur noch Sonderprojekte für ihre Agentur »Firebird«. Welche, die ihr Zeit ließen, auch nebenher das Leben zu genießen. Was sie jetzt ausgiebiger als früher tat. Außer: Sie war wieder einmal mit der Aufklärung eines Mordes beschäftigt, was bisweilen durchaus der Fall war, seit sie ins Waldviertel gezogen war. Also eigentlich steckte sie ihre Nase meist ungefragt dort hinein und riss Harry seiner Recherchekünste wegen gleich mit.

Daher fand Harry Kain es nur gerecht, dass nun auch sie einmal etwas einstecken musste. Nicht wie sonst immer er. Wenn sie ihn wieder einmal so nebenbei um einen Gefallen bat. Und er das nicht rechtzeitig überriss. Weswegen er ihretwegen bereits einige Male in ziemlich gefährliche Situationen gekommen war.

Harry blieb bei seiner Meinung. Versuchte, sie nur etwas wohlwollender umzuformulieren. »Na ja, von den Farben her wirkt es … also … irgendwie … ja, muss man sagen … eh interessant.«

Nachdem Walli Winzer von ihm das Unwort »interessant« gehört hatte, blickte sie aus ihrer Erstarrung hoch und sah ihn finster an. So ein nichtssagendes Wort konnte nur ein Kulturbanause sagen. Und Harry war das spätestens ab diesem Zeitpunkt für sie. Gut, wenn es einer nicht besser wusste, konnte man ihm daraus auch keinen Vorwurf machen. So fair war sie schon.

Daher lächelte Walli ihn mit aufgesetzter Freundlichkeit an und bestätigte seine Feststellung. Das war immer gut, um jemanden ruhigzustellen. So hatte sie das oft erfolgreich in ihrem Beruf gemacht: Immer die Meinung des anderen bestätigen, wenn man mit ihm nicht weiterdiskutieren wollte. Denn weshalb sollte sie sich jetzt mit Harry hinstellen und über Kunst reden? Für Basisarbeit bei Banausen wäre die Galeristin Sonja Frey eindeutig besser geeignet als sie. Mit ihm über Themen zu debattieren, bei denen er sich nicht sonderlich profilieren konnte, war manchmal durchaus mühsam. Dazu hatte sie nach ihrer intensiven künstlerischen Phase jetzt sicher keine Lust.

Walli wollte ihr Bild noch zu Ende malen, weshalb sie Harry Kain dringend loswerden musste. Sie hatte ihn sowieso zur Vernissage eingeladen und versprach ihm, dass dort eine Expertin all seine Fragen beantworten würde.

Nicht dass Harry sich besonders dafür interessierte. Doch er merkte, dass Walli Winzer ungestört weiterarbeiten wollte, und setzte seinen Spaziergang kurz darauf fort.

Walli war nun aus dem Konzept gerissen und stützte den Kopf sanft auf ihre Ellbogen, um wieder entspannt in ihre Gedankenwelt zurückzukehren. Dafür bot sich die Auflage der Staffelei an. Die Augen hielt sie dabei geschlossen.

Aber da war wieder irgendetwas. Die Störmanöver des heutigen Tags schienen nicht aufzuhören. Aus der Ferne hörte sie einen Hund bellen. Sie sah nach ihm, als er bereits voller Freude auf sie zulief. Ein Mann wollte ihn durch Zurufe am Sprint hindern – was ihm nicht gelang.

Der Hund sprang vor Freude an Walli Winzer hoch. Mit den Pfoten stützte er sich auf ihrer Schulter ab und leckte ihr das Gesicht. Sie versuchte, ihn abzuwehren, und kippte prompt mit dem Klappstuhl um.

Sein Besitzer hatte währenddessen nicht aufgehört, nach ihm zu rufen. Er zog ihn nun am Halsband vom Quell seiner Begeisterung ab.

Walli Winzer lag mit dem Rücken auf dem Boden und rollte sich zur Seite. Nachdem der Mann den Hund beruhigt hatte, half er Walli mittels eines kräftigen Zugs hoch. Der bewirkte, dass sie an seiner Brust landete. Reflexartig umarmte er sie, damit sie nicht zurückfiel. Nachdem er gemerkt hatte, dass sie sicher auf eigenen Beinen stehen konnte, ließ er sie gleich wieder los.

Walli war erbost, aber dann auch wieder nicht. Denn als sie sich ihren Retter vor dem bellenden Ungetüm genauer ansah, fand sie ihn auf Anhieb durchaus sympathisch. Er war freundlich und lächelte sie an. Seinen Hund hatte er mittlerweile an die Leine genommen und hielt ihn mit strikter Anweisung dicht neben sich.

»Verzeihen Sie die Aufregung. Aber Tartuffe befindet sich noch in der Ausbildungsphase und muss die Kommandos noch besser lernen, um entsprechend darauf zu reagieren. Ich hoffe, dass Ihnen beim Sturz nichts passiert ist«, zeigte er sich ehrlich besorgt.

Walli spürte zwar ihre Hüfte ein wenig, aber gröbere Verletzung gab es keine. Daher antwortete sie beruhigend: »Ach, so ein Dampfross wie mich bekommt man so schnell nicht klein.«

Der attraktive junge Mann lächelte erleichtert und bemerkte jetzt erst das Bild auf der Staffelei. Sein Blick war interessiert, und er ließ es in Ruhe auf sich wirken. Zwischendurch musste er immer wieder den ungeduldigen Hund besänftigen, indem er dessen Kopf streichelte, was Wirkung zeigte. Nach einer Weile begann er, das Kunstwerk zu interpretieren, und sah dabei immer wieder auf den gegenüberliegenden Wald. »Sehr aussagekräftig, was Sie da gemalt haben«, überraschte er Walli Winzer mit seiner Feststellung. »Den Wald haben Sie, finde ich, eindrucksvoll wiedergegeben und zugleich völlig verfremdet, wenn ich das so frei sagen darf.«

Walli antwortete nicht, da sie wollte, dass er weitersprach.

»Mit den groben Pinselstrichen und dem Violett im Grün verleihen Sie ihm etwas Bedrohliches. Es wirkt fast wie ein Orkan, der über die Landschaft fegt. Über die Getreidefelder, deren Ähren sich teilweise bis zum Boden neigen. Wie im Kampf mit der Naturgewalt. Dabei kann es das so gar nicht geben, da der Wald sinnvollerweise Stürme abhält.«

Diese aufschlussreiche Deutung hätte Walli Winzer wirklich nicht erwartet. Von einem Fremden, der wie aus heiterem Himmel plötzlich vor ihr stand. Der sie gemeinsam mit seinem Hund aus der Gedankenwelt gerissen und ihr nun eine perfekte Analyse ihrer künstlerischen Eingebung geboten hatte.

Sie musste erst einmal nach passenden Worten suchen. Ihre Freude über die Begegnung mit diesem ungewöhnlichen Fremden war groß.

»Sie haben in allem völlig recht: Ein mächtiger Rausch soll vom violetten Wald ausgehen. In der Kunst symbolisierte der Wald seit der Romantik – sogar bis heute oft – Bedrohung. Mit seinen dicht beisammenstehenden Bäumen erinnerte er oft an eine Armee und damit an kollektive männliche Macht. An Gewalt und Einfluss, die lange Zeit davon ausging. Es teilweise immer noch tut«, versuchte Walli, ihr Wissen preiszugeben.

»Also, solche Gedanken wie ihre findet man bei Hobbymalerinnen und -malern sonst selten. Da steht oft nur die Schönheit der Landschaft im Vordergrund. Und die wollen sie auf einem Bild festhalten.«

Walli lachte: »Ja, so fängt man an, Wiedererkennung festzuhalten. Aber wenn man das einige Male gemacht hat, dann wird zumindest mir langweilig. Wissen Sie: Vor Kurzem habe ich auf einer meiner Reisen an einem Malseminar teilgenommen. Es war mehr zwangsläufig, da für die Reisegruppe dafür Nachmittage eingeplant waren. Nachdem ich in der ersten Woche die Insel allein erkundet hatte, blieb mir die zweite Woche nichts anderes übrig, als es ebenso mit der Malerei zu probieren. Und: Es ging sehr gut.«

Der fesche Unbekannte stellte sich jetzt näher an die Staffelei und sah nochmals auf das Aquarell. Walli war mit dessen Ausführung ziemlich weit gekommen. »Man könnte es auch andersherum interpretieren: Neue weibliche Macht bricht mit großer Leidenschaft über und in die Gesellschaft herein. Und ich finde: Es wäre damit wirklich langsam an der Zeit. Falls ich richtigliege, bin ich auf deren Seite und immer für Gerechtigkeit. Zu tun gibt es da einiges.«

Walli Winzer sah ihn erstaunt an und war von ihrem klugen Gesprächspartner entzückt.

»Alle – auch ich –«, antwortete ihm Walli, »haben langsam die Nase voll von diesen *alten weißen Män-*

nern. Sie kennen diesen neuen Begriff für konservative Machos. Ich meine das jetzt nicht politisch. Denn solche Typen gibt es überall. Sogar bei den Linken. Sie halten die Gesellschaft überall in der Welt in Atem. Ja, das ist mir vorhin tatsächlich durch den Kopf gegangen.«

Der Fremde nickte verständnisvoll: »Manche Themen liegen eben in der Luft.«

Was war das doch für ein ungewöhnlicher Mann. Als sie weitersprechen wollte, hatte er ihren Gedanken bereits erraten: »Wie soll die Welt friedlich werden, wenn nur Hass, Rache, Armut und Kränkungen sie entzweien?«

»So ist es. Das frage ich mich schon lange«, antwortete sie vor lauter Gleichklang wie ferngesteuert.

»Das Internet hat seit mehr als einer Generation die Globalisierung vorangetrieben. Mit allen Vor- und Nachteilen. Auch jene, die das nicht wollen, müssen sich damit zufriedenstellen. Es geht nicht darum, dagegenzuarbeiten. Das wäre sinnlos. Sondern für sich selbst und die Regionen neue Möglichkeiten zu entdecken. Damit müssen sich alle abfinden. Kein Weg führt zurück.«

Wortlos sah Walli ihn an und fragte schließlich, ob er nicht zu ihrer Vernissage kommen wolle. »Ich bin nämlich seit einiger Zeit auch professionelle Kunstsammlerin. Das heißt: Ich werde natürlich beraten. Meine Neuerwerbungen zeige ich gerne bei Produktpräsentationen. Walli Winzer mein Name, Inhaberin der PR-Agentur ›Firebird‹ in Wien. Seit einiger Zeit lebe ich ebenso im Waldviertel.«

»Mein Name ist Marius Riesz. Ich bin Gourmetberater und Trüffelsucher. Tartuffe wird seit Kurzem von mir zum Trüffelsuchhund ausgebildet. Wie man merkt, klappt es noch nicht ganz.«

Als der Lagotto seinen Namen hörte, legte er sein Köpfchen seitlich und blickte Herrchen unschuldig an.

»Ja, mein Kleiner, alles ist wieder in Ordnung.«

Walli Winzer griff an ihre Hüfte, die sie noch ein wenig spürte, und sah Tartuffe wenig erfreut an.

»Wir sind noch eine Zeit lang in Großlichten. Mein Onkel ist ein bekannter Koch in Wien und mit dem Hannes Lechner befreundet. Der Hannes unterstützt mich bei der Suche hier nach geeigneten Trüffelfundorten. Ich wohne bei ihm im Gasthof.«

»Das trifft sich ja ausgezeichnet. Hannes sorgt bei unserer Präsentation für das Catering. Es werden interessante Gäste kommen.«

Sie tauschten noch Neuigkeiten bezüglich Hannes Lechners Bekanntheit als einer der beliebtesten TV-Köche aus, und Marius Riesz begab sich mit Tartuffe weiter auf die Suche nach dem edlen Gut.

So ein nettes Erlebnis, freute sich Walli.

Als sie wieder an der Staffelei war, um die letzten Pinselstriche zu setzen, bemerkte sie, dass sich einige Stängel des Raps stark seitlich bewegten. Sie hörte auf zu malen und beobachtete das gebotene Schauspiel.

Wenig später wurde das Geheimnis gelüftet. Ihr Kater Filou trippelte aus dem Feld und ihr entgegen. Was das nur für ein hübscher Anblick war: der gelb blühende Raps gemeinsam mit dem kleinen Getigerten.

Er kam auf Frauchen zu und legte sich direkt vor sie in die Wiese. Ihn erreichen, um ihn zu streicheln, konnte sie nicht. Aber sie freute sich, ihn zu sehen, und warf ihm einen innigen Blick zu.

4. KAPITEL

»Nein, das darf doch nicht wahr sein! Super, dass ihr schon da seid«, freute sich Walli Winzer, als sie Silvia Manner mit Anna Karner zur Tür hereinkommen sah. »Anna, du siehst ja umwerfend aus«, zeigte sich die modebewusste PR-Lady begeistert, als sie Silvias Begleitung genauer betrachtete.

»Hallo, meine Liebe«, umarmte sie diese. »Ich habe das Kleid von einer befreundeten Designerin anfertigen lassen. Sie hat es – laut ihrer Aussage – ganz auf mich abgestimmt. Das heißt: Es gefällt dir?«

»Sicher. Ein wenig extravagant, aber doch elegant.« Walli lachte. »Ja, so wie du eben bist, liebe Anna.«

»Gott sei Dank!«, meldete sich Silvia Manner daraufhin zu Wort. Sie umarmte ihre Begleitung sanft. »Sonst würde ich dich nicht so beispiellos finden.«

Walli hatte genug vom Süßholzraspeln. Wieder ganz bei der Sache, instruierte sie: »Genug mit den Schmeicheleien. Arbeit ist angesagt. Silvia, bitte schau nach der Musik. Kümmere dich um die Liste am Laptop. Damit später wirklich alles gut funktioniert. Denn heute haben wir ja keine Technikcrew, die das mitbetreut.«

»Ja, mache ich. Übrigens, tolle Tonanlage, die du dir für die Dachbodengalerie geleistet hast. Da macht alles besondere Freude. Ich lege gleich den ersten Song auf. Der versetzt uns in Party-Stimmung.«

»Mach das! Damit empfangen wir auch die ersten Gäste.« Anna stellte inzwischen ihre Tasche auf einer Sitzbank mitten im Raum ab und begann, die ausgestellten Bilder zu betrachten.

Walli bemerkte, dass der Cateringservice gekommen war und die abgedeckten Speisen auf die bereits vorbereiteten Warmhaltevorrichtungen stellte. Mehrere Tische standen seitlich des Raums vor einem Werbebanner zur Ausstellung samt Infotafel sowie Produktbeschreibungen der exklusiven Waldviertler Glasschmuckkollektion. Die Schrift war groß genug und würde während der Ausstellungseröffnung für alle gut lesbar sein.

Vom Ablauf her hatte Walli sich vorgenommen, die Künstlerin und Inhaberin der Designwerkstatt zu interviewen. Danach würde sie sich mit der Kuratorin und Galeristin Sonja Frey noch allgemein zum Thema Glaskunst austauschen. Wer tratschte und daher nicht zuhörte, fände das Wichtigste in den Unterlagen und konnte alles nachlesen.

Hannes Lechner, Wirt und Haubenkoch des Ortes, würde später vorbeikommen, um nachzusehen, ob alles gut vorbereitet war. Daher bemühte sich das junge Cateringpersonal ganz besonders, hatte Walli den Eindruck.

Auf die Bistrotischchen wurden im Handumdrehen Blumenvasen gestellt. Aus dem Kühlschrank im Nebenraum holte ein junger Mann einige Weinflaschen und legte sie in eine mit Eiswürfeln gefüllte Silberschale. Er öffnete eine der Sektflaschen und bot wenig später sowohl Walli als auch Anna den ersten Aperitif an. Beide prosteten einander zu. Es blieb ihnen allerdings wenig Zeit, miteinander zu plaudern. Denn die ersten Gäste waren eingetroffen.

Silvia Manner hatte inzwischen die Songliste am Laptop fertig programmiert und swingte zu einer Jazznummer. In den Menschentrauben, die sich bereits gebildet hatten, fand sie ihre Lebenspartnerin nicht sofort. Was sich änderte, als sie Walli Winzers markanten Lacher hörte. Ihr Blick fiel gleich auf Anna, die neben ihr stand.

Walli wischte sich vorsichtig eine Lachträne aus dem Gesicht, nickte nochmals zustimmend und überließ Silvia wortlos ihren Platz. Sie selbst wandte sich der Nachbargruppe zu.

Ein Garçon holte sie schließlich. Er führte sie zu einem grau melierten, gepflegten Herrn in Begleitung. Sie begrüßten einander höflich. Walli Winzer freute sich, dass ihr Geschäftspartner gekommen war, und stellte ihn sogleich einem etwa gleichaltrigen Ehepaar vor. Sie suchte kurz darauf nach einem jungen Mann, den sie wenig später zur Gruppe brachte. »Das ist Georg Linninger, ein begabter Start-up-Gründer, den ich Ihnen ans Herz legen möchte. Er ist mein digitaler Guru. So ein Abend eignet sich hervorragend dafür, dass auch Sie ihn kennenlernen. Gutes Gelingen!«, ermutigte sie ihn. Dieser sah sie dankbar an. Walli zwinkerte ihm noch im Weggehen zu.

Lärm konterkarierte plötzlich auf unangenehme Weise die Jahrhundertstimme von Sarah Vaughan und deren ersten Hit von 1949 »Black Coffee«. Das Poltern und Schieben nahm kein Ende. Einige drehten sich um. Die meisten blieben allerdings davon unbeeindruckt.

Silvia Manner arbeitete sich durch die anwesenden Gäste und begrüßte die Technikcrew von Nina Wenger, die ihr Equipment geräuschvoll vor sich her schob. Kurz darauf erschien auch die Sängerin.

»Sorry, endlich sind wir da. Bis wir an der richtigen Abfahrt waren, hat es leider ein wenig gedauert. Unser Navi wollte das Haus partout nicht finden, bis Manfred den Ort eingegeben hat. Hierher haben wir uns dann durchgefragt.«

Sie küsste Silvia auf beide Wangen, die daraufhin mit ihr in einen der Nebenräume aufbrach. Währenddessen begannen die Boys, die Tonanlage aufzubauen.

Zufälligerweise sah Walli Winzer zur Tür, als die Galeristin Sonja Frey eintraf. Auch sie hatte sich verspätet. Da Walli deshalb bereits nervös geworden war, ging sie ihr flott entgegen, ohne auf Hindernisse zu achten. Das Resultat: Sie übersah einen der Praktikanten und lief ihn beinahe über den Haufen. Der Bursche erwies sich jedoch als derart geschickt, dass er das mit Getränken volle Tablett kurz in die Luft warf und es unversehrt auffing, ohne nur ein Glas kippen zu lassen.

Tosender Applaus begleitete seine Aktion.

»Wie haben Sie das nur geschafft?«, fragte einer der Graumelierten von zuvor.

Der junge Mann lachte. »Ich bin von Beruf Akrobat. Habe aber derzeit kein Engagement, deshalb musste ich einen Nebenjob annehmen.«

»Sensationell. Mit dieser Nummer könnten Sie glatt auftreten«, versuchte sich Walli Winzer verlegen zu entschuldigen. Der Junge nahm es gelassen und als Kompliment. Dann setzte er seinen Weg fort.

Sonja war Walli mittlerweile entgegengekommen. Sie begrüßten einander herzlich, um schnell noch die letzten Punkte abzuklären.

Lena Breitenecker suchte indes ihre Jugendfreundin, die sie nirgends finden konnte.

»Wenn du die Walli suchst, die ist vorhin nach hinten g'gangen. Ich glaub, die bereitet sich noch vor«, versuchte Mizzi Troger, Vorsitzende des Dorfverschönerungsvereins und Lenas Nachbarin, den Überblick zu behalten. Sie war der Einladung Wallis in Begleitung einer Bäuerin gefolgt. Beide Frauen standen etwas schüchtern nahe der Wand. Man merkte, dass sie sich der mehr oder weniger mondänen Gesellschaft nicht zugehörig fühlten.

»Geh, Mizzi, kommt doch her. Da zu uns. Was steht ihr denn dort herum?«, winkte Lena Breitenecker die Frauen zu sich. Ehemann Hans ging ihnen mit Sektgläsern entgegen. Gleich darauf begrüßte er seinen Mitarbeiter samt Ehefrau, und wenig später trudelte ein dunkelblonder Mann mit grauem Haaransatz im dicht besuchten und mittlerweile etwas stickig gewordenen Dachgeschoss ein. Er schüttelte einigen Leuten im Vorübergehen die Hände und freute sich, aus der Ferne Hans Breitenecker zu sehen.

Der war bereits kräftig ins Schwitzen gekommen und drehte auch auf Ersuchen anderer die Klimaanlage etwas höher. Dann winkte er Harry Kain zu sich. Sie hatten einander länger nicht gesehen und sich daher einiges zu erzählen.

Im Hintergrund hörte man inzwischen Walli Winzer am Mikrofon. Sie begrüßte die Gäste und bedankte sich bei Sonja Frey für die Expertise. Sie wies auch auf zwei Exponate hin, die sie erst vor wenigen Tagen erworben hatte, und erläuterte ihren besonderen Bezug dazu.

Walli zeigte auf ein Gemälde, das sie kürzlich auf einer Reise nach Malaysien gekauft hatte. »Es ist«, meinte sie, »eine Apotheose auf den verwunschenen, hundertdreißig Millionen Jahre alten Urwald im Nationalpark Taman Negara. In Kambodscha faszinierte mich mitten im tropischen Regenwald die berühmte Tempelanlage von Angkor Wat. Die Natur siegte vor langer Zeit über die Zivilisation. Vielerorts hat man das Gefühl, trotz gegenteiliger Bekundungen, dass Natur seit geraumer Zeit als Feind der Zivilisation angesehen wird. Böden werden weltweit in gigantischem Ausmaß versiegelt, also zubetoniert. Täglich vierzig Fußballfelder allein in Österreich. Und das seit Jahrzehnten. Weltweit sind das Millionen Hektar im Jahr. Wohin soll das führen?

Ebenso der dichte Flugverkehr: Flugzeuge, die beim Starten und Landen zahlreiche Luftschichten durchstoßen. Doch das Ozonloch schiebt man dem Methanausstoß von Rindern in die Schuhe. Nicht etwa den Frachtdampfern, die das Fleisch aus Argentinien nach Europa verschiffen.«

Einige der Gäste wurden unruhig. Sie hatten sich einen amüsanten Abend erwartet und keine Belehrungen über das Klima. Die Garçons lenkten mit gefüllten Gläsern vom Thema ab.

Nun ergänzte Sonja: »Um die auf Jahrzehnte unwiederbringliche Bodenversiegelung und dadurch die Zerstörung der Fauna statistisch zu verschleiern, zählt man beispielsweise in Wien Balkon- und Terrassenbegrünungen neuerdings zur Grünfläche einer Stadt. Will heißen, dass das Grün auf dem Dach am Papier das betonierte Fundament ersetzt. Unter dem Strich – so wird es dargestellt – verliert die Stadt somit keine Grünflächen, was natürlich absurd ist. Denn auch die Erdstrahlen, die wir Menschen zum Leben brauchen, werden schwächer, je höher ein Gebäude ist.«

Walli als PR-Vollprofi erkannte nun etwas spät, dass Sonjas und auch ihr eigenes Engagement für den Umweltschutz zwar löblich, in diesem Rahmen jedoch außer Kontrolle geraten war. Bevor sie noch für alle Hungrigen die Ausstellung für eröffnet erklären konnte, platzte einer der Anwesenden heraus: »Sie sagen es: Es gibt also viele Gründe, dieser zügellosen Bauwut endlich einen Riegel vorzuschieben. Mich stört das schon lang. Diese Gier der Investoren, Immobilienentwickler und Straßenbauer. Sie alle können den Hals nicht vollkriegen. Jedes Gegenargument wird mit grünen Megacitys und scheinbar besserer Lebensqualität für den Menschen in Grund und Boden argumentiert. Dabei sind es habgierige Leute wie Sie, Herr Johann Reuther, die uns alles aufzwingen, dabei die Natur ruinieren und uns verrecken lassen!«

5. KAPITEL

Alle drehten sich nach dem Genannten um. Ein großer, hagerer Mann mit trendigem Sidecut und moderner Brillenfassung versuchte, den an ihn gerichteten Vorwurf zu ignorieren. Er wandte sich nicht nach dem Aggressor um. Der Frau, die neben ihm stand, war das sichtlich peinlich. Sie flüsterte ihm etwas ins Ohr, was ihn wenig berührte. Als hätte er nichts von alldem gehört, zog er ein Taschentuch hervor und putzte damit seine Nase, um sich im Anschluss einem Mann zu widmen, der deutlich jünger war als er. Dem vorbeikommenden Garçon nahm er ein Glas Sekt ab.

Walli, die keinen Eklat bei ihrer Vernissage dulden mochte, ergriff rasch das Mikrofon. Sie wies auf die Bedeutung von Kunst im Alltag hin. Auf die dadurch gebaute Brücke, die Gegensätze miteinander verbinden konnte.

»Das weiß ich vor allem deshalb, weil ich mich seit Kurzem verstärkt mit Kunst befasse. Was ist das für eine Bereicherung im Leben. Wie die meisten von euch wissen, male ich hobbymäßig und bin zur Sammlerin geworden. Wobei ich mich, wie ihr seht, mit Werken umgebe, die mir etwas bedeuten. Dahinter steckt nicht nur der Gedanke einer Kapitalanlage. Sie sprechen mich in einer Weise an, die mich gedanklich fordert oder mir einfach nur gefällt.«

»Eine tolle Kombination«, freute sich daraufhin die Galeristin und entzog ihr das Mikro, um es nochmals für alle hörbar zu wiederholen.

»Da muss man allerdings so überzeugend wie du sein, liebe Sonja. Wir kennen unsere jeweiligen Standpunkte durch viele interessante Gespräche sehr gut. Mit ihren Galeriemitarbeiterinnen und -mitarbeitern hat sie die Texte zu den einzelnen Exponaten verfasst.«

Beiden gefiel die wohlwollende Reaktion aus dem Publikum und sie nutzten die Gelegenheit, gleich die Designerin der Schmuckstücke vors Mikrofon zu holen. Sonja Frey verließ den Platz und stellte sich seitlich.

Als Walli Winzer sich der neuen Interviewpartnerin zuwandte und diese ausführlich über ihr Design sprach, sah sie im Augenwinkel, wie Dorfpolizist Sepp Grubinger mit seiner Ehefrau zur Tür hereinkam. Resi rügte ihn, wohl auch deshalb, weil sie um einiges zu spät dran waren. Kurz darauf verschwanden sie unter den Gästen.

Die Musik begann zu spielen und die ersten Interessierten stellten sich in einer Reihe an, um einige der Schmuckstücke genauer zu betrachten. Walli freute sich über das Interesse und überließ die Designerin dem Publikum.

Sie traute ihren Augen nicht, als sie unter den vielen Gästen auch den Trüffelsucher entdeckte. Sie hatte ihn nur so nebenbei eingeladen. Dass er tatsächlich kommen würde, damit hatte sie nicht gerechnet.

»Hallo, fein, dass Sie da sind«, begrüßte sie ihn.

»Es hat sich gut getroffen. Ich habe im Gasthof mitbekommen, wie Hannes das Catering für Sie zusammenstellte, und habe sogar ein wenig mitgeholfen. Zumindest bei einem der Gerichte.« Er zog Walli sanft mit sich zu einem der Chafing-Dishes, einem der Wärmebehälter, und zeigte auf das Püree. »Das ist eine echte Waldviertler Spezialität: Erdäpfelpüree mit Waldviertler Trüffeln. Eine habe ich gestern nach unserem Treffen noch gefunden. Tartuffe hat sie entdeckt. Er ist derzeit in Topform. Hannes hat sie mir sofort abgeluchst und verwertet.«

»Das ist ja hervorragend. Ich liebe Trüffeln. Als ich ein halbes Jahr in Frankreich für eine Firma gearbeitet habe, lernte ich sie in vielen Gerichten kennen.«

»Ja, dort gilt sie keineswegs wie bei uns als abgehobenes, unerschwingliches Luxusgut. Denn vergleicht man Trüffeln mit dem Preis von gutem Fleisch, sind sie eindeutig billiger. Eine kleine Trüffelkugel reicht gerieben auf ein viertel Kilo Butter für viele, viele Speisen.«

»Die echte Trüffelbutter kann man dann zu Gerichten wie Püree, Fisch und Fleisch oder Pasta verwenden«, zeigte Walli Winzer ihre Expertise.

»So ist es. Am besten schmeckt mir allerdings die einfache Hausmannskost. Ich meine zum Beispiel Eierspeise oder Semmelknödel mit Trüffelaroma. Einfach und kostengünstig gemacht.«

»Sie meinen, mit Trüffelbutter verfeinert?«

»Ganz und gar nicht. Die können Sie für andere Gerichte aufbewahren. Nein. Sie müssen die Trüffel von der Schale befreien. Die werfen Sie nicht weg, sondern sammeln sie in einem mittelgroßen Plastikbehälter und legen über mehrere Tage Eier dazu. Die nehmen das volle Aroma an und ergeben so den herrlichen Eigengeschmack. Was sagen Sie dazu?«

»Wunderbar. Jetzt haben Sie mir solchen Appetit gemacht, dass ich mir unbedingt gleich etwas vom Trüffelpüree nehmen muss. Mit ein wenig Gemüse und einem kleinen Hühnersteak.«

Marius Riesz zeigte sich erfreut: »Ich hole uns ein gutes Glas Weißwein dazu.«

»Gerne«, nickte Walli und sah, als sie sich umdrehte, den Mann mit dem Sidecut, der zuvor von dem ihr Unbekannten schroff angegangen worden war. Er befand sich gut gelaunt im Gespräch mit einem etwa Gleichaltrigen. Deren Frauen standen wortlos neben ihren gesellschaftlich bedeutenden Männern. Denn so schienen sich diese zu inszenieren.

Bei solchen Szenen entwich Walli Winzer ein stiller Seufzer. Verstand sie es doch keineswegs, dass Frauen ihren Ehemännern immer noch oder wieder – sie war sich da nicht mehr so sicher, ob es noch alte oder bereits neue Biederkeit war – demütig zur Seite waren. Als hätten sie selbst keine eigenen Gedanken, keine Ideen. Nichts einzubringen. Lächelten bloß milde vor sich hin. Sprachen kein Wort. Nicht einmal miteinander. Ließ es sich so wirklich einfacher leben?

Eine Situation, die die eloquente PR-Expertin sofort zu ändern wusste. »Grüße Sie, Herr Kastner. Schön, dass Sie kommen konnten.« Sie streckte ihm die Hand entgegen. Der Angesprochene erwiderte erfreut und stellte der Hausherrin seine Frau vor. Danach wandte er sich dem Gesprächspartner zu: »Darf ich Ihnen auch Herrn Johann Reuther, den Sägewerksbetreiber im Ort, vorstellen?«

Das war wie Wasser auf die Mühlen Walli Winzers. Sogleich unterbreitete sie ein Anliegen: »Sagen Sie, darf ich Sie gleich etwas fragen? Was sagen Sie zu den gigantischen Bergen von Baumstämmen an den Waldrändern? Finden Sie nicht, dass man dagegen etwas tun sollte?«

Reuther schien die Frage in dieser Angelegenheit sichtlich unangenehm zu sein, weshalb er auch wenig Interesse zeigte, darauf einzugehen. Er versuchte, die Konversation deshalb zu beenden, ehe sie überhaupt begonnen hatte, und Walli Winzer wie zuvor die beiden Frauen auszubooten, indem er sich erneut seinem ursprünglichen Gesprächspartner widmete. Reuther setzte lachend wieder beim Thema Golfen an. »Also die letzten Male war ich besonders in Form.«

Eben als sein Gegenüber ihn entsprechend bewundern wollte, regnete es für Johann Reuther hinterrücks plötzlich eine Verbalattacke. Auch Walli Winzer redete zeitgleich auf ihn ein. Reuther wusste daher nicht, mit wem er es zuerst aufnehmen sollte.

Er entschied sich für den Aggressor von zuvor. »Herr Lichtenecker, ich glaube, es ist genug. Wir haben das schon mehrmals ausführlich auch mit anderen Kollegen aus der Belegschaft besprochen. Ich bleibe bei meiner Meinung. Daher ersuche ich Sie, zu gehen.«

Da der untersetzte Mann mit vor Ärger hochrotem Kopf keine Anstalten machte, das Feld freiwillig zu räumen, sondern seinem Chef weiter Wörter wie »Lohndumping« und »Ausbeuter« an den Kopf warf, versuchte nun auch Walli Winzer, in den Disput einzugreifen. Sie stellte sich zwischen die Kontrahenten und griff zur Gegenwehr, indem sie dem jungen Kellner, der eben vorbeikam, versehentlich das Tablett aus der Hand stieß.

Sowohl Reuther als auch der Sägewerksmitarbeiter bekamen beide volle Rotweinladungen auf ihre weißen Hemdkrägen und im Brustbereich ab.

Walli Winzer war rechtzeitig in Deckung gegangen, weshalb roter Wein auf der Kleidung Romy Steiners landete. Walli hatte sie zuvor nicht gesehen. Das Malheur tat ihr sichtlich leid.

»Was soll denn das?« Romy Steiner griff angeekelt nach ihrer bekleckerten bunten Bluse. Zugegeben: Die unfreiwillig gewählte Maserung fiel bei ihr weniger deutlich als bei den beiden Männern auf. Aber der muffige Geruch von warm gewordenem Wein stach ihr unangenehm in die Nase. Sie zog den nassen Teil mit zwei Fingern von sich weg, wusste aber nicht, was sie damit anfangen sollte.

Ihre Laune verschlechterte sich nicht nur deshalb, sondern auch, weil sie mit den beiden Männern noch ein geschäftliches Hühnchen zu rupfen hatte.

»Das sollte kein Zufall sein, dass uns diese Misere miteinander verbindet.«

Walli Winzer sah irritiert zur befreundeten Schlossbesitzerin. Johann Reuther schien das zwar unangenehm zu sein. Er reagierte jedoch keineswegs ungehalten. Vielmehr begann er, eine unsichtbare Mauer zwischen sich und Romy Steiner aufzubauen, die ihm diese Person auf Distanz halten würde.

Romy ließ sich jedoch keineswegs von einem dieser billigen Business-Coach-Tricks beeindrucken. Nicht mit ihr! Stattdessen nahm sie Reuther in die Pflicht. »Dass Sie mir den Holzpreis unter österreichischem Niveau diktieren wollen, kann ja nur ein plumper Versuch und nicht Ihr Ernst sein. Sie müssen die Baumbestände in meinen Wäldern endlich abholen, bevor sie noch stärker von Schädlingen befallen werden. Oder ist das Ihr Plan, damit Sie gar nichts dafür zahlen müssen?«

»Meine Gute, ich glaube, da liegen Sie mittlerweile richtig. Das Holz hier in der Umgebung und somit auch Ihres ist keinen Cent mehr wert. Es liegt schon viel zu lang. Ich hole es entweder gratis ab, oder es verrottet eben. Sie werden kein Sägewerk finden, das Ihnen etwas zahlen wird. Vielmehr müssen *Sie* dafür bezahlen, damit wir es abholen!«

Die Unternehmerin reagierte empört: »Das kann doch nicht sein. So lange haben Sie das hinausgezögert. Das Bruchholz kann man zumindest zu Brennmaterial verarbeiten.«

»Hören Sie, ich warte auf Förderungen aus den Katastrophenfonds. Zum Abtransport. Die bringen mir mehr als dieser Holzmüll. Vielleicht sind ja noch einige brauchbare Stämme darunter. Aber solche mühsam herauszusuchen, macht finanziell für mich keinen Sinn.«

»Aber es geht doch um die Landschaft, die Menschen und den Tourismus. Wie lang sollen alle noch an den Eisregen aus diesem Winter erinnert werden?«, mischte sich nun Walli Winzer wieder ein. »Kommen Sie, wir trinken etwas, dann sieht die Welt doch gleich wieder anders aus.«

Dem Sägewerksbetreiber wurde merkbar unwohl. Er war keineswegs gewillt, auch nur einen Hoffnungsschimmer an Kompromissbereitschaft zu signalisieren. Seine Frau blieb wie jene des Gesprächspartners beherrscht, was sich änderte, als eine attraktive jüngere Dame auf sie zukam.

»Hallo, Anita! Hast du Jonas mitgebracht?«, fragte Johann Reuther sie.

»Natürlich nicht. Hast du wirklich geglaubt, dass ein Achtjähriger freiwillig in eine Galerie mitgeht?« Anita Reuther verzog ihm gegenüber das Gesicht.

»Na ja, du solltest ihn schon zu ein wenig Kultur anhalten.«

»Lass sie doch«, schaltete sich jetzt seine Ehefrau Natalie Reuther ein.

Danach widmete er sich besonders herzlich seiner Schwiegertochter. Sohn Michael war inzwischen mit Jonas gekommen und stellte sich neben Anita, die ihn nur beiläufig wahrnahm. Der Sohn blieb an der Seite seines Vaters. Johann Reuther flüsterte indes Anita etwas ins Ohr, was sie gleichgültig hinnahm.

Natalie Reuther sah das Tablett mit Getränken und ließ sich vom Garçon ein weiteres Glas Sekt bringen.

Walli Winzer versuchte, mit ein wenig Humor das Interesse der Gäste auf die Gemäldesammlung und die Schmuckdesigns zu lenken. Die zuvor fixen Grüppchen lockerten sich und einige betrachteten daraufhin die Bilder. Walli mischte sich unter sie und stand für Gespräche zur Verfügung. Als jemand sie nach zwei Jägern fragte, sah sie sich um, konnte aber keine entdecken. Dafür amüsierten sich Sepp Grubinger und seine Frau köstlich, während Romy eindringlich auf Julia Winkelbauer-Steiner einredete und dann den Raum verließ.

Auch Harry Kain war bester Laune: »Ich gewöhne mich langsam an Ihre Malerei. Es dauert halt ein wenig. Aber Ihre Sammlung finde ich ganz allgemein recht beeindruckend.«

Walli Winzer freute sich, das aus dem Mund des Skeptikers zu hören. Ja, gut Ding brauchte eben Weile. Und: Man sollte die Hoffnung nie aufgeben, grinste sie vor sich hin.

»Übrigens: Wo ist denn der alte Reuther?«, schob er nach. »Ich wollte ihn noch etwas fragen.« Er sah sich um, fand ihn aber nicht.

»Dort, schau, da ist sein Sohn, der Michael Reuther. Vielleicht weiß der das auch.«

»Ich wollte ihn nur ein Detail zu seinen Holzankäufen fragen. Aber da rufe ich besser morgen an.«

Das erinnerte Walli an ihr morgiges Vorhaben, Marius Riesz am Vormittag bei einem seiner Trüffelspaziergänge zu begleiten. Wie aufs Stichwort bellte Tartuffe. Er war an einer der Stuhllehnen angebunden und sah sehnsüchtig Richtung Ausgang. Offenbar war Herrchen draußen. Jonas eilte herbei, um ihn zu streicheln. Es sah so aus, als nützte er die Gelegenheit, sich von seiner Familie loszueisen, um deren schlechter Stimmung zu entgehen. Die Gegenwart des Trüffelhunds schien der Bub indes zu mögen. Denn er setzte sich neben den Lagotto und vermittelte den Eindruck, längere Zeit bei ihm bleiben zu wollen. Walli störte die beiden daher nicht. Sie würde später mit Marius reden.

6. KAPITEL

Für den Vormittag hatte sich Walli Winzer nur wenig vorgenommen. Auch wenn ihr Partys und Einladungen immer schon Spaß gemacht hatten, strengte sie das doch einigermaßen an. Jedem ihrer Gäste hatte sie am Vortag ihre Aufmerksamkeit entgegengebracht. Das spürte Walli heute.

Nicht, dass sie antriebslos wäre. Nein. Aber die erste Tageshälfte relaxed zu beginnen, war einer der Vorzüge, die sie sich hier im Waldviertel leisten konnte.

Niemand würde sie hier mit unnötigen Informationen behelligen, nur damit dessen Arbeitszeit schneller verging. Oder sie als Auskunftsquelle endlos auslaugen. Solch ausuferndes Geschwätz hatte sie sich abgestellt. Sie bevorzugte jetzt Telefon und Mails. Da hielt man sich knapper. Zumindest bei manchen war ihr das eindeutig lieber. Bei solchen, die sie sonst nervten.

Im Büro war das anders gewesen. Mit einem Seufzer dachte sie daran. Neben der vielen Arbeit hatten solche Leute sie fast an die Grenze eines Burnouts gebracht. Kundinnen und Kunden, aber auch Mitarbeiter. Da musste sie darauf reagieren. Sie war immerhin die Chefin. Doch auch als solche wusste sie sich jetzt abzugrenzen. Stressten sie einzelne Praktikantinnen oder Praktikanten, waren andere zugegen. Sie nahmen Walli dann diese Quälgeister ab.

Okay. Alle mussten einmal beginnen. Aber von Helikopter-Eltern verwöhnt und völlig unbedarft ins Berufsleben losgelassen zu werden, dafür müsste man Walli erst einmal Schmerzensgeld zahlen! Und nicht nur ihr.

Die erste Zeit standen solche Traumtänzer meist nur im Weg herum und hielten sie von der eigentlichen Arbeit ab. Stellte sich so ein Strolch dann weiterhin bewusst blöd, konnte das Walli Winzer richtiggehend auf die Palme bringen.

Gut. Das war jetzt anders geworden, seit sie ihren Lebensschwerpunkt nach Großlichten, ins südliche Waldviertel, verlegt hatte. Es war Silvias Aufgabe als Co-Geschäftsführerin, die Spreu vom Weizen zu trennen. Junge, kompetente Menschen fix an die gemeinsame PR-Agentur »Firebird« zu binden. Und solche brauchten sie immer mehr, da die Agentur bereits einen prominenten Namen besaß und aus einer Fülle von Aufträgen wählen konnte.

Walli Winzer hatte sich einen Caffè Latte von ihrer Kaffeemaschine machen lassen. Im Morgenmantel schlich sie mit dem Kaffeeglas in der Hand und einem Croissant auf dem Teller in ihr geräumiges Wohnzimmer und setzte sich in die Mitte des Raums an ihren alten Jogltisch. Sie hatte altes und neues Mobiliar gemischt.

Dem Holz historischer Bauernmöbel standen moderne Designerstücke gegenüber. Diese Wohnkultur war es auch, die ihre Liebe zur Malerei geweckt hatte. Denn wer mit Kunst lebt und sie im Alltag gebraucht, wird von ihr im wahrsten Sinne erweckt. In Zugängen. Im eigenen Erleben.

Erweckt dazu, im Leben auch nicht alles als gegeben hinzunehmen. Oder es fälschlicherweise so zu betrachten. Vielmehr lädt sie ein, die eigenen Gedanken, die Fantasie zu gebrauchen. Eine andere Sicht der Dinge einzunehmen, möglicherweise sogar die eigene Sichtweise zu stärken. Diese Möglichkeit gab es auch. Mit und durch Kunst war alles möglich.

Aber vor allem: am Leben aktiv teilzunehmen. Es selbst zu gestalten. Sich lebendig zu fühlen.

Lebendig fühlte sich Walli Winzer im Augenblick so gar nicht. Sie hatte ihren Arm auf die Tischplatte gelegt und stützte mit dem anderen ihren Kopf. So früh am Morgen war sie keineswegs auf der Höhe. Erst nach dem Caffè Latte begannen sich ihre Lebensgeister langsam zu rühren.

Noch verschlafen nahm sie einen Schluck und schob einen Bissen des Croissants nach.

Es wunderte sie, dass der Kater heute noch nicht um sie herum war. Sonst besaß er regelrecht den sechsten Sinn, wenn es darum ging, an seine morgendliche Futterration zu kommen. Durch sein ständiges Um-die-Beine-Streichen gab er ihr zu verstehen, dass er nur wenig Geduld aufbringen würde, wenn er nicht sofort ein Futterschälchen erhielte. Zeitweise unterstrich er seine Forderung, indem er eine besonders leidende Miene aufsetzte, die es Walli schwermachte, nicht umgehend darauf zu reagieren.

Sie griff dann meist zu Geflügel.

Dass sie mit der Auswahl richtiglag, merkte sie daran, dass der kleine Tiger sich sofort darauf stürzte und sogar während des Fressens schnurrte. Wie das möglich war, konnte sie sich nicht erklären. Doch Filou schaffte es, ihr so seinen Dank zu zeigen. Danach zog er sich zurück, um ihr wenig später wieder einen seiner berühmten Streiche zu spielen. Darüber könnte sie bereits Bücher schreiben, dachte sie. Wahrscheinlich würden diese sogar zu Bestsellern werden, war sie mehr als überzeugt.

Doch nichts regte sich. Sie saß mit geschlossenen Augen allein am Tisch und spürte, wie die bereits sonnengewärmte Luft des Gartens durch die Terrassentür in das noch kühle Wohnzimmer strömte. Dann sah sie auf die Wanduhr und stellte fest, dass es bereits zehn Uhr vormittags geworden war.

Es fiel ihr ein, dass sie gestern mit dem schnuckeligen Trüffelsammler für elf Uhr eine kurze Wanderung durch Romy Steiners Buchenwald ausgemacht hatte. Er wollte ihr einen seiner geheimen Trüffelfundorte zeigen. Bei Henderl mit Trüffelpüree hatte er ihr davon erzählt und gemeint, dass der Platz mit dem riesigen Wackelstein auch für ein neues Aquarell von ihr geeignet sein könnte.

Walli war tatsächlich neugierig darauf. Auch darauf, wie ein Hund diesen edlen Pilz erschnüffeln und Marius Riesz ihn danach aus der Erde puddeln würde.

Sie hatte vorgeschlagen, dass sie einander am Beginn der Forststraße treffen sollten. Diese ging direkt von der Bundesstraße weg in den Wald hinein. Davor gab es einen Parkplatz für Jäger und Wanderer.

Danach wollte sie zu Romy Steiner ins Schloss Waldstetten fahren. Am Abend würden Silvia, Anna und Lena zum Essen kommen. Sie hatte ihnen Waldviertler Karpfen versprochen, den sie aus Romys Bio-Zucht vom Schloss mitnehmen würde. Die Filets in Mehl zu tauchen und zu braten, das schaffte Walli mittlerweile sogar selbst. Den Salat würde sie austeilen, und jede würde sich das Dressing aus der Flasche nach ihrem Geschmack selbst nehmen.

Falls Marius ihr eine der Kostbarkeiten überlassen würde, wollte sie als Vorspeise eine kleine Portion feine Bandnudeln mit Trüffelbutter verabreichen.

Der Gedanke an ihren Tagesplan ließ sie schneller zu sich kommen. Doch das Frühstück beenden wollte sie noch nicht. Zu den letzten Bissen Croissant würde sie einen kurzen Blick in die Zeitungen werfen.

Unter dem Tisch tappte Walli Winzer mit den Füßen nach ihren Hausschuhen, bis sie diese endlich fand. Dann ging sie Richtung Haustür, drehte den Schlüssel um und schlurfte verschlafen zum Briefkasten. Dabei sah sie in einen bunten Vorgarten mit Tagetes, Ringelblumen, Cosmeen, Kapuzinerkresse und so weiter und freute sich darüber. Der Architekt ihres Hauses hatte ihr ursprünglich einen Kieselsteinpfad um das Haus herum vorgeschlagen. Der könne auch das Regenwasser gut aufnehmen. Den Eingangsbereich sollten zwei modernen Skulpturen flankieren.

Freundin Lena und Mizzi Troger hatten vehement davon abgeraten. Na gut. Als Stadtpflanze war Walli dem Vorschlag emotionslos gegenübergestanden. Da die beiden sich zuvor bereit erklärt hatten, nicht nur die Bauaufsicht, sondern auch die Zusammenstellung der Hauseinrichtung zu übernehmen, hatte sich deren Meinung durchgesetzt. Walli war nun froh, auf ihre Freundinnen gehört zu haben. Sie genoss es, täglich an den Blumenrabatten vorbeizugehen.

Der Gärtnermeister des Orts, Florian Wagner, hatte den Bauerngarten nach Waldviertler Tradition angelegt: So gab es Bodendecker, aber auch Beete, die Schnittblumen für jede Jahreszeit lieferten. Dazwischen verschiedenartiges Gemüse, das von Sommer bis Herbst reifte. Die Bäuerinnen hatten immer schon gewusst, das Angenehme mit dem Nützlichen zu verbinden.

Apropos das Nützliche mit dem Angenehmen verbinden, das hatte Walli auch gleich mit dem Gärtnermeister zu erproben gewusst. Also einige Male zumindest. Wobei ihre Gemeinsamkeit bisher nie länger als ein paar Tage gedauert hatte. Ob das wirklich nur an ihr lag, wusste sie nicht.

Auf Partys in Wien hatte sie viele Verehrer kennengelernt, die ihr später immer wieder zum Informationsaustausch zur Verfügung gestanden waren. Daher vergab sie ihre Gunst durchaus mit Kalkül. So ein Techtelmechtel zwischendurch genoss Walli. Immer. Für eine dauerhafte Beziehung nahm sie sich keine Zeit. Daher hatte sie irgendwann auch ihr Ehemann Thomas genervt. Also inzwischen Ex-Ehemann. Vor allem dessen stete Vorhaltungen. Die waren anstrengend gewesen. Wie sie zu sein hatte. Wann er sie pünktlich zu Hause zum Essen erwartete. Ja, ganz genau. Lehrer eben. Wer wollte schon mit so einem verheiratet sein? Noch dazu als angehende PR-Agentin mitten im Aufbau der eigenen Firma. Wenn, dann passte nur eine Frau zu ihm, die so war wie er: eine Lehrerin. Genauso spießig und langweilig.

Also Walli, maßregelte sie sich im selben Augenblick. Sie merkte, dass sie plötzlich putzmunter war und nahm sich gedanklich gleich bei der Nase. Sie ertappte sich dabei, wie sie zu ihrem *Neid*wesen ihren Ex und seine Ehefrau Alma als glückliches Paar erlebte. Mittlerweile stellte sie fest, dass sie tatsächlich gut zusammenpassten. Besser als sie und er. Das lag wohl auch ein wenig daran, dass Alma eine herzliche und liebenswerte Frau war.

Klar! Musste sie sein. Sonst wäre sie ja nicht schon so lang mit ihrem pingeligen Ex verheiratet. Der hatte das Glück immer auf seiner Seite – dieser Thomas.

Diese Form von Glück, das sie noch nicht gefunden hatte. Vielleicht in dieser gewöhnlichen Form nicht suchte. Weil sie für alltagstaugliche Zweisamkeit einfach nicht geschaffen war. Weil stets zu viel Arbeit ihre

Aufmerksamkeit auch von sich selbst abzog. Um in sich hineinzuhören. Sich besser zu ergründen. Die richtige Entscheidung zu treffen.

Walli Winzer öffnete den Postkasten und holte die Zeitung, Reklame und ein paar Einladungen heraus, die tatsächlich noch auf dem Postweg statt per Mail verschickt worden waren.

Sie wendete diese interessiert, um den Absender zu erfahren.

Walli stand entspannt da, als plötzlich jemand nach ihrer Schulter griff. Sie erschrak so heftig, dass sie die gesamte Post fallen ließ und sich zur Beruhigung mit der rechten Hand an den Brustkorb greifen musste. Sie sah sich schnell um und erkannte ihre Nachbarin Sybille Karner.

»Haben Sie mich jetzt erschreckt!«, rief sie empört, gleichzeitig aber erleichtert.

»Sorry. Ich dachte, Sie hören mich kommen.«

Walli Winzer musterte sie von oben bis unten. »Wie sollte ich das, wenn Sie mit Tennisschuhen über den Rasen schreiten?«

Sybille Karner trug diese zu einer kurzen beigen Sommerhose und einem gelben T-Shirt. Sie zeigte sich von Wallis Ermahnung unbeirrt und fuhr sogleich fort: »Tut mir leid, aber ich wollte mit Ihnen über Ihre Katze sprechen.«

Walli Winzer hatte inzwischen ihre Post aufgehoben und sah die Nachbarin überrascht an. Sie hatten in der Vergangenheit einige Auseinandersetzungen geführt.

Aber Filou war stets eine emotionale Brücke zwischen der Karner und ihr gewesen. Sie mochte den Kater doch sonst. Walli Winzer war nun gespannt, was sie plötzlich an ihm auszusetzen hatte.

»Kommen Sie mit und schauen Sie sich meinen Phlox an. Diese Pflanze sieht man heute so selten in Gärten, dass mir Anna ins Gewissen geredet hat, einige Blüher vor die Sträucher zu setzen. Und jetzt das!«

Ohne dass Walli Winzer darauf reagieren konnte, schnappte die Nachbarin sie bereits am Ärmel und zog sie hinüber in ihren Garten. Nein. Nicht schon so früh am Morgen! Walli Winzer war wirklich noch nicht auf der Höhe ihrer Tagesverfassung. In die Vorbereitungen zur Vernissage hatte sie sich von Silvia doch wieder hineinziehen lassen. Und jetzt gleich mit dieser Karner konfrontiert zu werden: Was war das nur für ein Tagesbeginn!

Dennoch folgte sie ihr widerstandslos und stand nun vor einer verwüsteten Blumenzeile.

Walli räusperte sich betroffen und klemmte ihre Post unter die Achsel. Dann hantierte sie wohl mehr aus Verlegenheit am Gürtel ihres Morgenmantels, bis dieser in waagrechter Passform war.

Dann begutachtete sie das Vergehen genauer. Es zog sich tatsächlich ihren Zaun entlang.

»Sie meinen aber nicht wirklich, dass Filou das gemacht haben soll?«

»Ja, wer denn sonst? Es gibt doch nur unsere beiden Häuser in unmittelbarer Nähe zueinander«, antwortete Sybille Karner spitz.

Walli schüttelte ihren Kopf. »Dafür hätte er doch mindestens zwei Nächte gebraucht. Ein halbes Blumenbeet umzugraben. Da wäre doch schon gestern etwas zu sehen gewesen.«

»War es aber nicht. Denn bei diesem heißen Wetter spritze ich meinen Garten zweimal am Tag. Nur kurz, damit nicht zu viel Wasser verbraucht wird und die Blumen es sofort aufnehmen können. Erst jetzt habe ich das Chaos bemerkt.« Das betroffene Gesicht Sybille Karners ließ Walli Winzer nicht an ihren Ausführungen zweifeln.

»Ich sah allerdings öfter, wie Ihr Kater seine Notdurft in den von mir frisch angeworfenen Erdhäufchen der Phlox-Pflanzen verrichtet hat.«

Walli sah emotionslos vor sich hin. Ihr war jetzt nicht nach einer Debatte über die Notdurft ihres Katers zumute. Daher bot sie ihrer Nachbarin an, den örtlichen Gärtner im Laufe des Tages vorbeizuschicken. Flugs wäre die Reihe dann wieder in Ordnung.

Sie war auch deshalb wenig gesprächsbereit, weil die Karner es wieder einmal hervorragend verstanden hatte, ihr Silvias Gegenwart abspenstig zu machen. Natürlich blieb diese dort, wo auch Anna war. Logisch. Aber die Karner okkupierte ihre Nichte seitdem auf eine Weise, die ihr, Walli, Silvia Manner regelrecht entfremdete.

Dabei hatten sie es in den ersten Jahren von Wallis Zweitwohnsitz recht lustig gehabt. Es war doch etwas ganz anderes gewesen, als die Zeit miteinander nur in der Agentur zu verbringen. Bloß Aufträge abzuwickeln und abends bei ein paar Cocktails Tagesproblemchen zu besprechen.

An Tagen wie diesen wurde nicht nur die Vertrautheit vertieft, sondern auch manch neuer Gedanke kreiert. Das kam dann nicht nur dem Verhältnis beider zueinander zugute, sondern auch dem Fortkommen der Firma. Denn vor Kurzem hatte Walli Silvia Manner sogar zu ihrer Miteigentümerin gemacht hatte. Nicht, weil Walli sie mochte. Das war natürlich kein Nachteil. Nein. Vielmehr, weil sie von deren Fähigkeiten überzeugt war.

Jetzt erhellte sich Sybille Karners Gesicht merkbar, nachdem Walli Winzer ihr das Angebot unterbreitet hatte. Schnell überlegte sie, wann sie am Nachmittag von ihren Erledigungen zurück sein würde, und nannte Walli den Zeitrahmen.

Diese nickte, drehte sich um und sah ihren Kater, wie er in der Ferne den Grünstreifen am Ende der abgeernteten Weizenfelder entlanghüpfte. Als er sie bemerkte, rannte Filou direkt auf sie zu, um knapp vor ihr stehen zu bleiben. Liebevoll schmiegte er sich um ihre Beine. Walli griff nach ihm und streichelte sein braun-schwarzes Tigerfell. Da er bei ihr blieb, hob sie ihn hoch. Er schnurrte leidenschaftlich und rieb sein Köpfchen an ihrem Kinn. Walli drückte ihn an sich und kraulte ihn.

Sybille Karners Blick verdüsterte sich, als sie den kleinen Einbrecher so niedlich am Arm ihrer Nachbarin sah. Die beiden bildeten eine Einheit, was sie nun etwas vor den Kopf stieß. Daher sprach sie ihrerseits das Thema Anna und Silvia an, die noch schliefen, da es gestern auch für sie recht spät geworden war. Klar würde sie ihnen diese Verwüstung zeigen. Wann Silvia allerdings bei Walli vorbeischauen würde, könne sie jetzt noch nicht sagen.

Walli küsste nun ihren Kater demonstrativ auf sein Köpfchen und kehrte nach einer kurzen Verabschiedung von Frau Karner ins Haus zurück.

Dort legte sie Filou auf seiner Lieblingsdecke am Sofa ab und setzte sich zu ihrem Croissant samt inzwischen kalt gewordenem Caffè Latte. Sie breitete die Morgenzeitung vor sich aus und überflog die politischen Seiten, die sie gleich darauf gelangweilt überblätterte. Ja, genau das wollte die Politik ja, dessen war sie sich sicher. Dass die Leute das Interesse an Politik verloren. Denn so viel wusste sie als gelernte PR-Strategin, dass vieles an unpopulären Maßnahmen und Neuerungen am besten mit gleichzeitig inszeniertem Wirrwarr, Verunsicherung und Falschmeldungen durchgebracht werden konnte. Auch verdeckte Vereinbarungen mit der Opposition wurden so oft bewusst gedealt und sickerten auf diese Weise durch. Ganz nach dem Motto: Einmal der Gigl, einmal der Gogl. Alle Medien waren dann mit entsprechenden Berichten und Kommentaren voll. Das wirklich Erwähnenswerte wurde nicht gebracht.

Walli hatte diese Spielarten mittlerweile satt. Politik hatte indes mehr mit Marketing als mit Inhalten zu tun. Alles andere wäre ja echte Demokratie gewesen. Über die man reden müsste. Diskutieren. Unterschiedlicher Meinung sein konnte. Doch dafür brauchte man Zeit, um mit Menschen deren Anliegen zu verhandeln. Die hatte man offenbar nicht. Oder wollte sie nicht einplanen. Was da derzeit genau abging, verstand Walli Winzer nicht.

Musste sie nach ihrer erfolgreichen Vernissage gestern auch nicht. Viele waren gekommen und hatten sogar zwei ihrer eigenen Aquarelle bewundert. Sonja Frey hatte sie aus Wallis Künstlermappe ausgewählt und an geeigneter Stelle unter die Topkunstwerke geschmuggelt. So eine war das, amüsierte sie sich.

Ja, Sonja fand es hervorragend, dass eine von ihr kuratierte Kunstschau die Besitzerin zu eigener Kreativität anspornte. Denn die hatte sie in Wallis Aquarellen entdeckt.

Dass manche der Geladenen diese nicht von den Werken angestammter Künstler unterscheiden konnten, freute Walli. Sie hatte richtiggehend Spaß dabei gehabt und sich an den großen Krimiregisseur Alfred Hitchcock erinnert, der in seinen Filmen immer deutlich erkennbar in einer Szene durchs Bild ging. Das war zum Schmunzeln. So wie bei ihr.

Doch plötzlich entwickelte die Zeitung ein Eigenleben und eine Kralle blitzte bedrohlich durch die Druckerschwärze. Walli war darüber nicht wirklich erschrocken. Wusste sie doch sofort, wer hinter dem Störmanöver steckte. Mit einem Ruck zog sie die Blätter amüsiert zur Seite.

Ihr kleiner Quälgeist Filou hatte sich inzwischen zu ihr auf den Weg gemacht. Er konnte es offenbar nicht ertragen, dass Walli ihre Aufmerksamkeit nicht ihm, sondern diesem großen Blatt Papier widmete. Walli verbarg ihr Gesicht dahinter. Das mochte der Kater überhaupt nicht. Wie sollte er da Frauchens Mimik erkennen können? Erahnen, was sie dachte? Sie im Blick behalten, wenn er sich mit ihr in einem Raum befand, das mochte er. Warum, wusste Filou auch nicht. Doch wenn er am Sofa auf seinem Lieblingsplatz lag, liebte er es, seine Behüterin zu beobachten, um letztlich zufrieden einzudösen.

Mit diesem Monstrum in der Hand konnte er von ihr rein gar nichts sehen. Daher hatte er sich auf den Weg gemacht, um sie daran zu erinnern, dass es ihn gab. Dabei hatte er plötzlich Hunger verspürt, weshalb der Kater beschlossen hatte, auf Wallis Schoß herumzutanzen. So würde er sie hoffentlich zum Aufstehen bewegen.

Yeah! Und wieder einmal war es gelungen.

»Auuu, du Lauser!«, schrie Frauchen laut auf und schüttelte ihn augenblicklich ab. Mit seinen Krallen hatte er sich beim Trätln fest in sie eingehakt. Na ja, eigentlich hatte er das nicht so gewollt. Sie kratzen. Aber fast wäre er abgestürzt, hätte er sich nicht mit aller Kraft an ihr festgehalten.

Frauchen stöhnte heftig und griff sich an die Schenkel. Danach schnappte sie den verstörten Kater im Nacken und hielt ihn an den Beinen abgestützt kurz in die Höhe. »Ich sage dir: Mach das nie wieder. Verstanden?« Sie klemmte ihn unter den Arm und rieb sich die von den

Kratzspuren am meisten betroffene Stelle. Währenddessen entschied Filou, sich lieber still zu verhalten, und erhoffte dadurch ein baldiges Ende seiner nun für ihn recht unbequemen Position.

Walli setzte ihn wenig später auf dem alten Schiffboden ab. Sie hob ihren Schlafrock hoch und musterte mit einem tiefen Seufzer die Mahnmale des Katers auf ihrer Haut.

Der saß nun artig vor ihr und legte pflichtschuldig sein Köpfchen zur Seite. Am liebsten hätte Walli ihm eine weitere Strafpredigt gehalten. Doch ihr Blick streifte erneut die Wanduhr, und diese erinnerte sie daran, dass sie sich bereits in massivem zeitlichem Verzug befand. Schnell begab sie sich ins Bad, um danach sofort das Schlafzimmer aufzusuchen. Sie riss die Tür des Kleiderkastens auf, holte das erstbeste Sommerkleid heraus, schminkte sich rasch und wollte eben an Filou vorbei, als er sie grimmig anknurrte. Da das sonst eher selten Katzenart war und sie bei ihm sowieso nie wusste, woran sie war, blieb sie erstaunt stehen. Der Kater nahm das blitzschnell zum Anlass, in die Küche zu laufen und sie, bevor sie weggehen würde, noch schnell auf sein Begehren aufmerksam zu machen.

Walli verstand und holte aus einer Küchenlade ein Futterschälchen heraus, ohne zu sehen, welche Sorte sie erwischt hatte. Sie öffnete es schnell und stülpte dessen Inhalt in Filous Futternapf. Da sich der Kater mit großer Zufriedenheit darüber hermachte, schien es das Richtige gewesen zu sein. Walli Winzer sah erst jetzt, dass sie in der Eile versehentlich ihre für kulinarische Notfälle gebunkerte köstliche Hereford-Corned-Beef-Dose geöffnet hatte. Sie hatte sie von ihrem letzten London-Aufenthalt mitgebracht. Klar schmeckte Filou diese. Das hätte sie ihr auch!

Walli ärgerte sich über sich selbst. Für ihr Abendessen müsste sie sich nun um etwas anderes umsehen. »Filou, du Gauner!«, entkam es ihr.

Bei ihr war er wirklich ein Glückskater, war sie nun definitiv sicher. Alle Wünsche bekam er erfüllt. Sogar die unausgesprochenen. Sie zog ihn sanft an den Ohren, was ihn bei seiner Fresslust keineswegs irritierte. Sie schmunzelte.

Ihr fiel wieder ein, dass sie Florian anrufen sollte. Doch das würde sie von unterwegs aus machen. Jetzt wollte sie sich durch nichts und niemanden mehr aufhalten lassen und suchte rasch das Weite.

7. KAPITEL

Als Walli Winzer auf der Bundesstraße den Hügel zur Forststraße hochfuhr, sah sie bereits einen weißen Wagen am vereinbarten Parkplatz stehen. Vom Trüffelexperten Marius Riesz war allerdings keine Spur zu entdecken. Auch nicht von seinem Hund. Der würde nach der Fahrt mit Sicherheit erwartungsvoll herumwuseln. Ungeduldig sein. Denn ihn würde er auf jeden Fall zur Trüffelsuche mitnehmen.

Walli musste daher annehmen, dass Marius noch nicht hier war. Irgendwie fand sie es bemerkenswert, dass er sie nicht anrief, um ihr seine Verspätung mitzuteilen.

Über Gebühr warten wollte Walli dennoch nicht. Sie hatte heute einiges vor.

Gut, sie wusste immer eine Beschäftigung. Entweder schrieb Walli Winzer nach der Autofahrt einige Gedanken auf, die ihr gekommen waren, oder sie beantwortete telefonisch Agentur-Mails über die Freisprechanlage des Autos. Denn obwohl Silvia den Großteil der operativen Geschäfte übernommen hatte und sie dadurch beträchtlich entlastete, gab es etliche an sie weitergeleitete Spezialanfragen, denen sie sich widmen musste.

Walli sah zum weißen Auto hinüber, doch alles blieb weiterhin ruhig. Dann drückte sie die Tasten ihres Handys.

Sie erinnerte sich, dass sie Marius Riesz ihre Telefonnummer gestern gegeben hatte. Sie sah nach, ob inzwischen eine Nachricht von ihm eingegangen war.

Währenddessen bog ein Wagen ein. Er stellte sich auf den freien Platz gegenüber. Der bereits erwartete Trüffeljäger stieg aus und ließ Tartuffe aus dem Gepäckraum seines Kombis hüpfen. Dieser konnte es kaum erwarten, endlich draußen zu sein. Ausgelassen tollte er umher, dass seine Ohren nur so wippten. Er sprang hoch und drehte sich hin und her. Es sah ulkig aus. Als hätte er vor, sein Schwänzchen zu fangen.

Marius Riesz zog seinen Rucksack heraus, legte ihn um und schloss die Autotüren.

Walli Winzer war noch in eine WhatsApp-Nachricht vertieft, die ihr Silvia wegen des heutigen gemeinsamen Abendessens im alten Schulhaus geschrieben hatte. Walli freute sich darauf. Sie schrieb: Was wollt ihr denn essen?

Silvia: Natürlich Karpfen.

Walli: Dann hole ich frischen von Romy Steiner, und als Vorspeise gibt es feine Bandnudeln mit zartem Trüffel. Ist das Okay?

Silvia: Wow! Das klingt ja gut. Also, bis dann! Umarmung.

Sich zu verabschieden, dazu kam Walli nicht mehr. Sie hatte bereits die Fahrertür geöffnet. Tartuffe verstand das als Einladung und sprang ins Auto. Er hatte sich an Walli erinnert und wollte sie begrüßen. Dazu hüpfte er fröhlich auf ihren Schoß. Er schleckte inbrünstig ihr Gesicht ab. Dass er dabei einiges an Make-up abbekam, störte ihn kaum. Walli wehrte sich heftig gegen den Lagotto und versuchte, weitere Hundeküsse abzuwehren. Seine stürmische Begeisterung belegte allerdings, dass die neue Kosmetikproduktlinie, die Silvia Manner ins Agenturprogramm aufgenommen hatte, tatsächlich aus reinen Naturprodukten bestand.

Marius Riesz pfiff Tartuffe zurück. Walli Winzer konnte es nicht glauben, aber der Hund gehorchte tatsächlich und ließ von ihr ab. Mit wedelndem Schanz lief er seinem Herrchen zu, der nur wenige Schritte von ihm und Walli entfernt stand. Natürlich gab es Worte des Lobs, da er sofort gehorcht hatte. Doch gleich darauf etwas Tadel: »Tartuffe, du sollst nicht so stürmisch begrüßen. Nicht alle wollen das. Aber brav, dass du auf der Stelle zu mir gekommen bist.«

Während Marius seinen Tartuffe belohnte, streichelte und ihm ein kleines Leckerli hinstreckte, kontrollierte Walli ihr Make-up schnell im Spiegel der Sonnenblende. Gut, der Lippenstift war komplett weg. Ebenso der Großteil der anderen Schminke. Damit hatte sie fast gerechnet. Aber die Augenpartie hatte der Liebesbeweis fast unbeschadet überstanden. Sie beschloss daher, ab dem Nasenbereich heute einfach Natur zu bleiben. Mit einem Taschentuch und etwas Speichel wischte sie sich Tartuffes Spuren aus ihrem Gesicht.

Marius Riesz hatte sich inzwischen von Wallis Auto entfernt und beschäftigte sich weiter mit seinem Hund, damit dieser nicht auf neue ausgelassene Ideen kam.

Als Walli Winzer aus ihrem Wagen kletterte, merkte sie, dass sie zuvor blindlings in ihre hochhackigen Schuhe vom Vortag gestiegen war. Jetzt ärgerte sie sich obendrein, dass sie ihr Paar mit den flacheren Sohlen im Haus vergessen hatte. Sie wollte es noch einpacken, da war die Zeit plötzlich knapp geworden.

Stöhnend über ihre Gedankenlosigkeit stakte sie mit ungelenken Bewegungen auf Marius zu. Wegen der unpassenden Schuhauswahl sah dieser sie fragend an, was Walli verärgert abtat. Lachend nahm er ein Stück Holz in die Hand, das vor ihm auf dem Weg lag, und warf es für Tartuffe in den Hohlweg hinein. Kläffend jagte dieser hinterher.

Dann wartete der Kleine auf Marius. Er wollte den Spaß noch einmal erleben und bellte. Herrchen lief ihm nach. Er legte den Zeigefinger an den Mund und hielt seinem Hund die Schnauze zu.

Okay. Tartuffe schien verstanden zu haben. Er durfte also wieder einmal nicht bellen. Was sind die Menschen nur für Langweiler, schien er mit seinem enttäuschten Blick sagen zu wollen. Kaum hatte man ein bisschen Vergnügen, kam so eine Spaßbremse und hinderte einen daran, weiterzumachen. Dabei durften andere Tiere zirpen, gurren, blöken, wiehern, grunzen, zwitschern, zischen, manche sogar schreien, wie sie wollten. Nur er und seine Artgenossen wurden dauernd gemaßregelt.

Dabei liebte Herrchen ihn doch. Und er liebte natürlich sein Herrchen. Das versuchte Tartuffe ihm eindringlich zu sagen, indem er winselte.

Marius verstand. Er kniete sich neben seinen Hund und nahm ihn in den Arm. »Ich weiß, dass du dich freust, endlich laufen zu dürfen. Und so ein Ast ist natürlich ein willkommenes Stück Lebensfreude. Aber du darfst nicht bellen. Hörst du?«

Tartuffe sah ihn nochmals ungläubig an.

»Wir sind im Wald. Da gibt es andere Tiere, die sich vor dir fürchten, wenn du so laut bist.«

»Nicht nur die«, warf Walli Winzer ein, ihnen inzwischen auf den Fersen.

Marius lächelte sie mitleidsvoll an, um sich gleich darauf wieder seinem Hund zu widmen. »Du wirst jetzt kein Jagdhund sein, sondern ein Trüffelhund. Verstanden?«

Tartuffe hatte sich friedfertig vor ihn hingesetzt und wartete auf weitere Direktiven. Sein dabei seitlich gehaltenes Köpfchen signalisierte zudem treuherzig: Na gut, wenn es sein musste.

Marius griff liebevoll nach dem Kopf des Lagotto und drückte ihn an sich. Danach stand er auf und gab Tartuffe ein Zeichen, welches dieser sofort verstand, woraufhin er gemächlich den Waldweg entlangtrippelte.

Walli lachte und war jetzt neben Marius. »Ein Hund reagiert ganz anders als eine Katze. Von solcher Einsicht beim Herumtollen kann ich bei meinem Kater nur träumen.«

»Ja, aber auch nur so lange, bis ihn etwas ablenkt, dem er gleich hinterherlaufen muss«, gestand der Trüffelexperte seine weniger geglückten Dompteurerfolge. »Ich bin da viel zu lasch und wenig konsequent mit ihm. Die Folge ist, dass er mich oft austrickst.«

»Nichts gegen eine Katze. Die hält einen nicht nur auf Trab, sondern setzt ihren Willen *immer* durch.«

Beide lachten.

»Wie ich merke, mögen Sie das durchaus.«

»Also, ich leite eine PR-Agentur mit ziemlich vielen Individualistinnen und Individualisten. Da muss ich den Rahmen weit halten. Sonst kann sich die Persönlichkeit und damit die Kreativität nicht frei entfalten. Davon lebe ich aber! Von der Vielfalt an Ideen. Auch wenn sie noch so absurd erscheinen. Bei mir ist so gut wie alles erlaubt. Alles hat seine spezielle Berechtigung. Das macht eben unseren besonderen Erfolg aus.«

»Das klingt ja wirklich beeindruckend. Ich dachte, so etwas sei nur in der Werbebranche wichtig.«

»Öffentlichkeitsarbeit muss Geschichten gut erzählen und einsetzen können. Ohne kreatives Geschick und ohne von Anfang an begleitende Marketingmaßnahmen geht heute rein gar nix mehr. Aber sagen Sie: Was ist das hier eigentlich für eine Art Wald?«

»Ein Mischwald aus Buchen, Fichten, Eichen, Kastanienbäumen, Birken und Ahorn.«

»Und den braucht man, um Trüffeln zu finden?«

»Ja, am wohlsten fühlen sie sich klassisch unter

Eichen. Aber nicht nur. Trüffeln lieben Mischwälder und wachsen, was die meisten nicht wissen, manchmal sogar unter Tannen.«

»Ich dachte, Trüffeln gibt es nur in Italien, um Alba herum. Im Piemont. In Frankreich weiß ich auch nur von Gegenden in der Provence oder dem Périgord.«

»Trüffeln gibt es prinzipiell überall, wo Bäume wachsen. Nur pflegen Länder unterschiedliche Traditionen. Auch beim Essen. Trüffeln werden immer öfter auch in Österreich an eigenen Trüffelbäumen gezogen. Manche Länder wie Kroatien entwickeln seit Jahrzehnten eine besondere Trüffelkultur.«

»Ich dachte, Trüffeln brauchen eher mediterranes Klima. Für Sommer- und Schwarztrüffeln.«

»Sicher. Das begünstigt Wuchs und Geschmack. Aber Tartuffe und ich waren letztes Jahr auch bei der Trüffelsuche in den Ostkarpaten in Rumänien unterwegs. Ein völlig unberührtes Gebiet. Wir waren nur wenige, die mit ihren Hunden dort suchten. Die Funde waren enorm, sage ich Ihnen, und die Qualität ist sehr gut. Der Preis dort beträgt nur ein Hundertstel von dem auf dem Weltmarkt.«

»Das wird mittlerweile auch anderen aufgefallen sein. Ich möchte nicht wissen, wie viele dieser Trüffeln im Handel unter falschem Etikett auftauchen.«

»Das sollte natürlich nicht sein.«

»Na ja, die müssen nicht unter dem Herkunftsland verkauft werden. Es genügt, wenn verarbeitende Betriebe die Knolle zu Trüffelöl oder anderen Delikatessen veredeln. Oder Restaurants bieten Trüffelspeisen aus eigenem Fund an.«

»Sie sind ganz schön misstrauisch«, meinte Marius Riesz und beobachtete Walli von der Seite. »In einigen Fällen wird das auch so sein. Aber der Hannes und mein Onkel setzen auf regionale Trüffeln. Sie haben mich gebeten, zu schauen, was sich hier in den Wäldern tut. Was sie so abgeben. Hannes will die eine oder andere Speise mit Trüffeln aus dem südlichen Waldviertel anbieten.«

Walli Winzer überlegte und blickte, während sie durch den Wald gingen, hinauf in die Wipfel der Buchen. Dabei stieß sie sich an einem der kleinen Äste, die auf dem Weg lagen, und fluchte.

Marius Riesz reagierte überrascht. Auch Tartuffe blieb in der Ferne stehen. Er neigte sein Köpfchen, um zu beobachten. Nachdem Marius den Grund bemerkt hatte, kniff er mitfühlend die Augen zusammen.

»Ja, weil's wahr ist. Wie Sie sehen, trage ich die falschen Schuhe an. Jetzt hab ich das Malheur.«

Der junge Mann überlegte, was er unternehmen könnte. Schließlich empfahl er: »Und was wäre, wenn Sie die Schuhe ausziehen würden, auch Ihre Strumpfhose, und bloßfüßig weitergingen?«

Walli Winzer war sicher nicht bieder, aber auf seinen Vorschlag hin sah sie ihn doch etwas ratlos an.

»Probieren Sie es mal. Hier am Weg gibt es zwar Steinchen und Äste, aber im Wald selbst gehen wir über weiches Moos.«

»Na, glauben Sie, ich lasse mich von Fichtennadeln stechen?«, empörte sich Walli über diesen Vorschlag.

»Es ist wahrscheinlich, dass Sie einige trockene Nadeln stechen werden. Ihre Fußsohle ist aber mit Sicherheit robuster, als Sie glauben.«

Walli Winzer konnte es nicht glauben. »Das sagen Sie nur so.« Sie griff nach ihren Bleistiftabsätzen. »Vielleicht verschieben wir unseren Waldspaziergang lieber auf morgen. Dann bin ich auf jeden Fall richtig angezogen.«

»Probieren Sie es doch einmal«, versuchte sie der Naturfreund zu ermutigen.

Marius machte es Walli vor, zog seine Schuhe aus und begab sich barfuß, ohne weiter nach ihr zu sehen, in den Wald hinein. Tartuffe folgte seinem Herrchen schwanzwedelnd und lief dann voraus.

Die PR-Expertin blieb wie angewurzelt allein zurück und blickte dem Trüffelsucher ungläubig nach. Widerwillig öffnete sie die Riemen ihrer Schuhe und nahm diese in die Hand. Walli tastete sich vorsichtig den Waldboden entlang und bemerkte bald, dass Marius tatsächlich recht hatte: Der Boden war weich und mitten im Hochsommer auch trocken. Bald schon fühlte sie sich trittsicher und ging ihm flotten Schritts hinterher.

Marius drehte sich nach einer Weile um und freute sich, Walli Winzer hinter sich zu wissen. Er blieb stehen, was Tartuffe keineswegs für gut befand. Er hüpfte ungeduldig auf seinem Platz herum, als wollte er seinem Leitmenschen signalisieren: *Bitte weiter, ich kann's kaum erwarten, vieles zu erschnuppern. Alles ist so spannend. Lass die doch. Die kommt eh nach.*

Marius kannte seinen Hund und wusste, was dieser ihm sagen wollte. Er beruhigte ihn. Augenblicklich setzte sich Tartuffe vor ihn hin.

Doch als Walli sich vorsichtig durch das Dickicht gearbeitet hatte und fast schon auf deren Höhe war, klingelte ihr Telefon. Da sie es erst in ihrer Mandarina-Duck-Umhängetasche suchen musste, schwoll der Ton richtig laut an. Die umstehenden Baumstämme verstärkten das Geräusch noch.

Tartuffe erschrak so sehr, dass er aufgeregt vom Platz sprang und hinter dichtem Strauchwerk verschwand.

8. KAPITEL

Alles Rufen von Marius Riesz half nichts. Tartuffe kam nicht zurück. Folgen konnte er ihm auch nicht, da sich sein Polohemd im Schulterbereich in einer Himbeerhecke verheddert hatte. Mühsam versuchte er sich zu befreien und achtete darauf, den Ärmel nicht zu zerreißen.

Walli hatte inzwischen ihr Mobiltelefon gefunden und abgehoben. Florian Wagner, der örtliche Gärtnermeister, war am anderen Ende der Leitung. Walli hatte ihn während der Autofahrt nicht erreicht und ihm daher eine Nachricht auf dessen Mailbox hinterlassen.

Sie musste zugeben, dass sie sich freute, nach langer Zeit wieder seine Stimme zu hören. Das war bis vor Kurzem noch anders gewesen. Denn Florian und sie hatten sich auf seltsame Weise aus den Augen verloren. Dabei waren sie immer wieder eng miteinander verbunden gewesen, um nicht zu sagen – *sehr* eng, wenn sie an ihre gemeinsam verbrachten Nächte dachte.

Doch es war recht eigenartig mit ihm: Manchmal entstand besondere Nähe, und am nächsten Tag waren sie nur noch Freunde. Eine freundliche Distanz lag zwischen ihnen. Das war schon öfter der Fall gewesen. Jetzt wieder.

Warum diese Entfremdung regelmäßig zwischen ihnen entstand, konnte Walli sich nicht erklären. Gut. War auch in den Momenten, in denen sie zusammen waren, nicht wirklich wichtig. Nachdenken wäre da sowieso hinderlich. Für sie stand sein durchtrainierter Körper im Mittelpunkt des Interesses. Und dass sie mit ihren jugendlichen fünfzig Jahren immer noch anziehend auf einen etwas jüngeren Mann wie Florian wirkte, gefiel ihr.

Da sie ihn jetzt am Telefon hatte, reagierte sie dennoch zurückhaltend. Sie wollte allerdings nicht verschnupft wirken. Das wäre ja zickig gewesen. Nein. So war sie nicht. Eher direkt und geradeaus. Wie ein Dolchstoß konnten ihre Worte manchmal kommen. Davor hatten sogar manche Männer in der PR-Branche Angst und wichen schon mal gehörig vor ihr zurück. Natürlich nicht, ohne ihr zuvor mit Genuss eine Breitseite versetzt zu haben.

Ja, und dann waren da – Gott sei Dank! – auch noch die anderen. Denen Wallis sonniges Lächeln gefiel. Es war ihre spontane Art, die immer wieder überraschte. Viele wurden über Jahre hinaus ihre Verbündeten. Oft im Geheimen. Als Informanten. Viel Hintergrundwissen war ihr auf diese Weise zugefallen, um an lukrative Aufträge zu kommen. Wissen, das sie in der Vergangenheit gut eingesetzt hatte, um eine der bedeutendsten PR-Agenturen Österreichs aufzubauen.

»Hallo, Walli, bist du noch da?« Auch Marius Riesz hörte die Stimme jetzt deutlich aus dem Telefon. Er hatte sich aus dem Dornengestrüpp befreit und warf Walli einen erleichterten Blick zu. Dann lief er seinem Hund hinterher.

»Ja, ich bin dran«, antwortete sie knapp.

»Ich sollte dich zurückrufen. Lange nichts voneinander gehört. Geht es dir gut?«

Walli Winzer war abgelenkt und bloßfüßig auf einen trockenen Dornenzweig des Himbeerstrauchs gestiegen. Daraufhin zischte sie schmerzvoll ins Telefon: »Ahhh!«

»Na, das klingt beunruhigend. Was ist denn los?«, wirkte Florians Stimme besorgt.

»Ach, ich bin gerade im Wald unterwegs und habe keine …« Sie sprach nicht weiter, da sie Florians Vorliebe für Waldspaziergänge kannte und sich mit ihrer Schuhmisere nicht unnötig lächerlich machen wollte. »Also, meine Fußsohlen haben eben Bekanntschaft mit Dornen gemacht. Aber das ist es nicht, weshalb ich dich angerufen habe.«

»Bloßfüßig im Wald unterwegs? Das kenne ich von dir gar nicht.«

Walli Winzer reagierte nicht darauf, sondern kam ohne Umschweife zum Thema: »Florian, ich würde dich für meine Nachbarin brauchen.«

Der Gärtnermeister war darüber ein wenig enttäuscht. Daher reagierte er zunächst nicht darauf. Hatte er doch erwartet, dass Walli sich nach seinem Befinden erkundigen würde. Sich vielleicht nach Längerem auch wieder mit ihm treffen wollte. Denn er mochte sie und hatte das Gefühl, dass es umgekehrt genauso war.

Dennoch blieb der Austausch im Alltag zwischen ihnen immer wieder auf der Strecke. Manchmal, wie aktuell, konnte es sehr lang dauern, bis sie sich sahen.

Es würde jetzt daher einen Zwischenschritt brauchen, um wieder die Vertrautheit zu erlangen, die sie seit Langem verband. Er ging daher ohne Anzüglichkeit auf ihre Frage ein.

»Worum handelt es sich?«, fragte er sachlich.

»Die Karner behauptet …« Walli erzählte ihm die Kurzversion und Florian sagte zu, so bald wie möglich den Garten zu versorgen. Ob Filou tatsächlich der Urheber dieser Unordnung war, blieb weiterhin offen. Doch seit Walli mit ihrer Nachbarin fast so etwas wie eine verwandtschaftliche Beziehung verband, wollte sie die fragile Stimmung zwischen ihnen nicht unnötig belasten.

Nachdem Walli auflegt hatte, suchte sie nach ihrem Begleiter Marius Riesz, der wie vom Erdboden verschwunden schien. Nicht einmal das Schnüffeln des Hundes war zu hören. Er bellte auch nicht. Er benahm sich im Wald wie ein echter Trüffelhund. Darauf trainiert, zu suchen, zu schnüffeln und nicht zu lärmen.

Doch ehrlich gesagt wollte Walli Winzer nicht mehr auf dem unebenen Waldboden ohne Schuhwerk umhergehen. Noch dazu ziellos. Denn es gab nicht nur weiches Moos, sondern manch schmerzhafte Überraschung. Sie würde Marius ein anderes Mal begleiten, legte sie augenblicklich für sich fest. Für heute war es genug.

Sie rief nach ihm. Doch es kam keine Antwort.

Walli drehte sich im Kreis und versuchte, sich zu orientieren. Stattdessen bemerkte sie erst jetzt, dass sie während des Telefonats mit Florian ausschließlich auf den Waldboden gesehen hatte, um nicht erneut auf einen der dornigen Zweige zu treten. So schien sie vom Weg abgekommen zu sein. Irrte herum. Und das ohne Schuhe!

»Mist, wie soll ich da je wieder herausfinden?«, sprach sie zu sich und lehnte sich an eine Buche, um ihre inzwischen wunden Sohlen zu entlasten.

Ein Rascheln direkt hinter ihr ließ sie innehalten. Diese merkwürdige Stille machte es besonders deutlich. Da das Geräusch immer näher kam, drehte sie sich langsam um. Es war eine Schlange! Andere in ihrem Fall hätten jetzt laut aufgeschrien. Doch sie kannte sich mit dieser Tierart gut aus. Denn ihr ehemaliger Angetrauter, Thomas, hielt einst ein Terrarium mit einigen dieser Exemplare in ihrer beider Wiener Wohnung. Es war zugegebenermaßen nicht das Ihre gewesen. Was von damals her aber geblieben war: Walli fürchtete sich keineswegs vor diesen Tieren.

Sie wartete die Neugier des Tieres ab und verhielt sich ruhig. Schon bald verschwand die Kreuzotter von ihrem lauschigen Sonnenplätzchen und schlängelte sich ins Unterholz.

Ein Specht klopfte über ihr am Baumstamm. Das stimmte sie bereits unbehaglicher. Denn mit solcherlei Getier hatte sie keine Erfahrung. Vielleicht würde er sich noch auf ihrem Kopf breitmachen? Was wusste man als Städterin Genaueres? Nur so viel, dass sich andere wohl lustig darüber machen würden, erführen sie, dass sie sich vor einem Specht fürchtete.

Ha, lief da nicht eben ein Eichkätzchen den Nachbarbaum entlang? Schlug dort nicht ein Feldhase rasch einen Haken, als Walli Winzer sich aufrichtete, um nach Marius Riesz weiterzusuchen?

Ein Knacken hinter ihr ließ sie aufschrecken. Als sie sich umwandte, sah sie nichts. Alles war still. Doch sie ängstigte sich nicht. Wohl war ihr aber auch nicht, in dieser Wildnis allein zu sein.

Gerade als sie zum Telefon greifen wollte, sah sie in der Ferne das weiße Polohemd von Marius durchs Dickicht blitzen. Wie erleichtert war sie.

»Hallo, Marius, hier!«, rief sie und winkte ihm mit ausladender Geste zu.

Das Echo trug ihre markant schrille Stimme effektvoll durch den Wald, und Marius Riesz drehte sich tatsächlich in ihre Richtung um.

»Da bin ich!«, versuchte sie, seinen Blick auch mit Sicherheit auf sich zu lenken.

Es gelang ihr. Marius winkte bestätigend zurück, machte aber keinerlei Anstalten, sie aufzusuchen. Vielmehr deutete er ihr wortlos, dass sie schnell machen solle.

»*Ohne* Schuhe?«, rief sie ihm erbost zu. »Kommen doch Sie! Ich will nicht mehr weitergehen. Ein anderes Mal sind wir länger unterwegs.«

Der Trüffelsucher blieb unbeeindruckt, obwohl er alles gehört haben musste. Er blieb stehen und hatte die Hände in die Hüften gestützt. Von Tartuffe war weiterhin nichts zu sehen. Marius war dennoch ruhig.

Walli Winzer machte sich nur widerwillig auf den Weg. Mit ihrer bedingungslosen Sympathie für den ungewöhnlichen jungen Mann war es hiermit vorbei. Von solcher Art Egomanie und Rücksichtslosigkeit hatte sie genug. Zuerst überredete er sie trotz Schuhproblems weiterzugehen, dann verschwand er, während sie telefonierte. Jetzt schleifte er sie auch noch barfuß durch den halben Wald. Bis sie neben ihm stehen würde, vergingen bei dieser Entfernung mit Sicherheit zehn Minuten.

Walli Winzer beeilte sich keineswegs. Dabei war es nicht einmal Protest, den sie einlegte. Sie kam einfach nicht schneller vorwärts. Unter normalen Bedingungen hätte sie so einen wie ihn stehen lassen und den Heimweg selbstständig angetreten. Doch jetzt war sie auf ihn angewiesen. Denn er würde den Weg zurück kennen – so hoffte sie jedenfalls.

Einige Meter von Marius entfernt wollte Walli zu einer ihrer berüchtigten Schimpfkanonaden ansetzen, als auch sie plötzlich verstummte: Wortlos wies der Trüffelsucher Richtung Tartuffe, der nicht aufhörte, im Laub zu wühlen. Die Stelle lag wenige Meter entfernt von jener, auf die Marius Riesz starrte. Auch Walli Winzer sah jetzt genauer hin und reagierte geschockt: Unter dem Laub ragte eine ausgestreckte Hand hervor.

Entsetzt suchte sie den Blick von Marius Riesz. Dieser presste seine Lippen fest aufeinander und blieb weiterhin ohne Worte.

Inzwischen hörte man Motorenlärm von einem nahen Seitenweg her.

Tartuffe trippelte auf Walli zu und brachte ihr wie zum Trost einen keinen Stoffrest, den sie gedankenverloren ins Notizbuch legte, in das sie eben die Lage der Leiche eingezeichnet hatte.

Einige Einsatzwägen fuhren unter Blaulicht die Waldstelle an. Dorfpolizist Sepp Grubinger stieg langsam aus dem Polizeiwagen. Hinter ihm suchte ein Arzt seinen Instrumentenkoffer im Rettungsfahrzeug.

»Wo liegt er?«, fragte dieser recht nüchtern.

»Wahrscheinlich dort, wo der Mann mit dem Hund steht.« Sepp Grubinger ließ den geschäftigen Arzt, der hoffte, noch etwas ausrichten zu können, vorauseilen.

Kurze Zeit später wurden seine Gesten langsamer und er gab den Kolleginnen und Kollegen zu verstehen, dass da nichts mehr zu machen sei.

»Weiß ma, wer es is?«, fragte Sepp Grubinger Marius Riesz, der ihn am Telefon über den traurigen Fund informiert hatte.

Der Arzt stand nun auf und Grubinger nahm dessen Stelle ein, um ins Gesicht des Toten zu blicken. Er erstarrte, weil er ihn erkannte. »Der Johann Reuther ist es. Na bum«, platzte es aus ihm heraus.

Walli Winzer ließ daraufhin ihre Schuhe fallen und setzte sich auf einen der Baumstümpfe, die im Umkreis zu finden waren. Sepp Grubinger verständigte die Spurensicherung und unterhielt sich danach mit Marius. Tartuffe hörte währenddessen nicht auf, zu graben. Fast so, als ahnte er, wohin die letzte Reise des Toten gehen würde.

Vom langen Stehen war Walli schwindlig geworden. Im Sitzen wollte sie sich abstützen und griff dabei ins Leere. So rollte sie neben die Leiche, deren starren Oberarm sie mit ihrer Hand berührte. Ihr graute so sehr, dass sie wie von der Tarantel gestochen aufsprang und mit bloßen Füßen das Weite suchte.

9. KAPITEL

Die Haustür ließ er heute laut ins Schloss fallen. Mit seinen Gedanken war er noch ganz beim neuen Fall. So schwungvoll, wie er sie zuvor geöffnet hatte, war sie ihm jetzt auch aus der Hand geglitten.

Rums. Na, das war ein Kracher. Das ganze Haus erbebte vom Zuschlagen der schweren Sicherheitstür.

Sepp Grubinger zog seine Schuhe im Vorzimmer aus und stellte sie nebeneinander auf die Abtropftasse. Bei so etwas war er immer pingelig. Das war eine seiner Eigenarten. Er rückte sie sogar sorgfältig zueinander, bis ihre Spitzen gemeinsam eine Linie ergaben.

Dieses Bild von formaler Ordnung entspannte ihn. Gab ihm etwas von jener unverrückbaren Gesetzmäßigkeit, die alle großen Dinge im Leben bestimmte. So eine Art formaler Normalität, die er mochte. Die, wo immer sie abhandenkam, er wiederherzustellen versuchte.

Also nicht zwanghaft.

Er hielt es schon aus, wenn ein Bild schief an der Wand hing. Aber wohler fühlte er sich, nachdem er ihm einen Stupser gegeben hatte. Achtete darauf, dass es niemand sah. Denn jemanden auf Makel aufmerksam zu machen, das wollte er nicht. Wäre bei so etwas nahezu lächerlich. Bei so kleinen Dingen. Die es im Leben halt immer und überall gab.

Er machte es daher zufällig. Mehr beiläufig.

Dass er etwas ins Lot brachte.

Das war heute aber nicht möglich gewesen. Er war immer noch völlig irritiert. Sein Bild von der Familie Reuther war in eine totale Schieflage geraten.

Der alte Reuther – tot.

Was war geschehen, dass Mord für jemanden der einzige Ausweg schien?

War es eine Beziehungstat? Ein Wirtschaftsverbrechen?

Sepp Grubinger streifte seine Polizeijacke ab und hängte sie über einen Kleiderhaken. Damit hatte er an seiner Garderobe ein Stück Pflicht abgelegt. Er fühlte sich gleich um einiges leichter. Besser.

Mit dem anheimelnden Geruch von frisch gebackenem Marillenkuchen, der ihm entgegenströmte, stellte sich bei ihm augenblicklich das Gefühl ein, zu Hause zu sein.

Seine Resi war doch die Beste! Oft merkte sie schon im Vorfeld, wenn etwas Besonderes los war. Mit irgendjemandem etwas nicht stimmte. Auch mit ihm nicht.

Heute war wieder so ein Tag. Wo sie anscheinend den sechsten Sinn für ihn hatte. Für seine Befindlichkeiten. Seine Sehnsucht nach Geborgenheit. Nach Ruhe. Wahrscheinlich daher der Marillenkuchen – seine Leibspeise.

»Ja, sag einmal!« hörte er ihre erstaunte Frage. »Was machst denn du für einen Krach?«

Sepp Grubinger freute sich, seine Frau zu sehen. Es gelang ihm jedoch nicht, ihr seine Erleichterung, daheim zu sein, zu zeigen. Stattdessen blieb er langsam in seinen Bewegungen und antwortete nicht.

»Ja, sag Pippo, was is denn? Is was passiert?«, fragte sie beschwingt im Vorbeigehen weiter und hatte dabei ihre Hände voller Mehl. Das ließ die Schlussfolgerung zu, dass sie noch einiges vorhatte.

Der Dorfpolizist lehnte sich an den Türstock zum Wohnzimmer und sah seine Ehefrau liebevoll an.

Resi Grubinger fasste seine Zuwendung allerdings in anderer Weise auf, als von ihm gedacht. Manchmal nämlich, nach dem Mittagessen, legten sie sich gemeinsam noch kurz auf ein Schläfchen. Na ja, manchmal auch ein bisschen mehr.

Aber davon wollte sie jetzt nichts wissen: »Pippo, heute haben wir dafür keine Zeit, falls du das meinst. Auch nicht, wennst mi weiterhin so liab anschaust.«

Sepp Grubinger musste jetzt schmunzeln, was ihm jedoch gleich darauf wieder vergehen sollte.

»Da, wennst überschüssige Energie hast, geh in den Garten und schaufle den abgeladenen Erdberg ins neue Hochbeet. Bei unserer Grillparty möcht i den nämlich nimma haben. Da soll alles weg sein.«

Also ehrlich. Das hatte er sich nicht so vorgestellt: heimzukommen und gleich weiterarbeiten zu müssen. Ja, und dass er der Resi jetzt vom Mord erzählen wollte, das würde sie im Moment nicht wirklich interessieren.

Und so war es auch, nachdem er mit der Nachricht nicht hinterm Berg hatte halten können.

»Na geh, hör auf!«, reagierte Resi entsetzt voll spürbarer Unruhe. Grubinger versuchte fortzufahren, doch sie unterbrach ihn kurz darauf: »Du, Pippo«, wie sie ihn liebevoll nannte, »i kann dir net weiter zuhören. I hab ka Zeit. Des Knödelwasser kocht schon, und i muass die Fleischknödel einischmeißen. Red ma später weiter. In einer halben Stunde gibt's des Essen.«

Ein Lichtblick immerhin, weshalb er sie nicht aufhalten wollte.

Na gut. Wenigstens verlangte sie nicht, dass er die Schaufel sofort in die Hand nahm und zu graben anfing. Zugetraut hätte er es ihr ja.

Aber jetzt war ihm nicht nach körperlicher Arbeit zumute. Er wollte vielmehr allein sein. Kurz nur. Um durchzuschnaufen.

Im ausgebauten Dachboden hatte er sich neben dem Schlafzimmer einen kleinen Raum eingerichtet. Er war sein kleines Reich. Darin standen: ein Schreibtisch, ein Sessel, Regale mit einigen Büchern und ein Kasten. In die Dachschräge war ein Fenster eingebaut. Das Licht fiel direkt auf die Schreibtischplatte.

Dorthin zog es ihn.

Über eine seiner Kalligrafien wollte er sich setzen. Die waren nämlich seit Kurzem sein Hobby: chinesische Schriftzeichen.

Alle hatten eine Bedeutung. Meist ein einprägsames Wort. Darüber dachte er dann nach.

Ein paar Pinselstriche wollte er ziehen. Sich dabei sammeln. Nachdenken. Wieder zu einem geregelten Tagesablauf finden. Den er brauchte. Damit er sich besser fühlte. Damit das Unvorhersehbare für ihn an Schrecken verlor.

In seinem Leben war er damit bisher nur selten konfrontiert gewesen. Doch seitdem diese Wiener Wochenendler das kleine Dorf fluteten, war es auch mit seiner Ruhe dahin. Regelmäßig nervten ihn einige. Manchmal unerbittlich.

Verwechselten ihn mit einem Auskunftsbüro oder einer Beratungsstelle. Gut, mit Letzterer könnte er sich gedanklich zwischendurch durchaus anfreunden, wenn dafür Gröberes ausbliebe. Doch das war nicht immer der Fall.

Im Gegenteil!

In letzter Zeit gab es sogar einige Morde im Zweitausend-Seelen-Dorf Großlichten.

Vor allem seit diese Winzer, diese PR-Tante aus Wien, da war. Seitdem hat sich hier nämlich einiges verändert. Da ist alles erst so richtig losgegangen. Nach dem Umbau ihres Pferdehofs. Mit dieser Unruhe.

Nicht nur für ihn. Auch für die anderen.

Ja, und weil es manchmal bei den Ermittlungen nicht schnell genug ging, klemmte sie sich einfach auch dahinter. So eine Frechheit!

Gut. Einst war sie selbst verdächtigt worden. Da

hatte sie wohl aus so einer Art Notwehr heraus gehandelt. Sich auf die Suche nach dem wahren Mörder begeben. Aber dass sie das jetzt einfach beibehielt und ihm manchmal in die Quere kam, war schon ein starkes Stück, das er nicht immer gerne sah.

Wenn sie aber manchmal dem Platzer, seinem Vorgesetzten, offen und mitunter recht direkt ihre Meinung auftischte, da bewunderte er sie schon. Also irgendwie. Ihren Mut. Ihre rasche Kombinationsgabe. Ihre Schlussfolgerungen. Jawohl. Schneid hatte sie. Eindeutig.

Das war nicht nur ihm aufgefallen.

Doch ihre grelle und laute Art, mit der sie ihn und, wie gesagt, auch andere oft anging, ließ ihn manchmal schon aus der Ruhe der Waldviertler Idylle hochschrecken.

Aber Mord – wie jetzt – war sowieso beispiellos.

Nahm ihn seelisch mit.

Deshalb zog er sich bei so etwas immer erst einmal zurück. Was, genau genommen, nicht richtig war. Denn er hätte sich sofort an die Arbeit machen und nach dem Täter fahnden müssen. Das wusste er.

Stattdessen verschanzte er sich hier auf dem Dachboden. In seinem Haus. Wo er sich geborgen fühlte. Nach diesem Schrecken.

Hier. Wo ihn seine Resi umsorgte.

Auch wenn sie es zwischendurch verstand, ihn gehörig zu nerven. Wie eben. Ihm Dinge abverlangte, die nicht sofort zu erledigen waren. Obwohl er gedanklich ja erst runterkommen musste. Noch nicht wusste, wie er den Fall einzuschätzen hatte. Wo er überhaupt zu ermitteln anfangen sollte.

Doch die Winzer war wieder einmal eine Oberschlaue gewesen. Dort im Wald. War selbst im ersten Schrecken knapp einer Ohnmacht entgangen. Dann davongelaufen und wollte kurz darauf schon den Auslöser zum Mord wissen? So eine Schaumschlägerin.

Ihm dann vor den anderen auch noch den Ermittlungsansatz vorgeben zu wollen: entweder Wirtschaftsdelikt oder Beziehungstat, hatte sie gemeint. Das war schon allerhand. Praktisch jede Tat spielte sich graduell irgendwo zwischen diesen beiden Polen ab. Das lernte jeder Polizist, jede Polizistin und jeder Ermittler im ersten Ausbildungsmonat.

Aber für die Winzer war das offensichtlich neu.

Klar würde auch er alle Möglichkeiten ausloten. Doch wo und womit er anfangen sollte, darüber wollte er sich erst gedanklich Klarheit verschaffen. Später. Nachdem er das kalligrafische Zeichen für »Innere Ruhe« gezogen hatte.

Ja, darüber würden einige lächeln, wenn sie das wüssten. Klar. Ein Dorfpolizist und Meditation. Wie passte denn so etwas zusammen?

Er hatte in der Sonntagsbeilage einer Tageszeitung über diese Schreibkunst gelesen und war davon gleich fasziniert gewesen. Von der Vorstellung, das innere Gleichgewicht wiederherzustellen. Gelassenheit im Trubel des Alltags zu üben. Neue Erkenntnis zu erlangen.

Die brauchte er.

Auch jetzt.

Daher hatte er sich in den obersten Bereich seines Hauses begeben.

Sepp Grubinger saß nun am Schreibtisch und zog sein Tintenfass aus der Lade. Dann nahm er ein Blatt handgeschöpftes Büttenpapier vom Stapel. Sorgfältig legte er es vor sich hin. Er versuchte zu meditieren. Ein wenig. Seine Hand wäre beim Pinselstrich dann ruhiger. So aufgeladen, wie er sich fühlte, würde er wahrscheinlich sowieso drei Anläufe brauchen, bis er das Zeichen aus einer Linie heraus hinbekäme, mutmaßte er. Erst dann wäre seine Atmung im Einklang mit der Ausführung durch seine Hand. Würde alles aus einem Guss heraus entstehen.

Dann war da ja auch noch dieser Trüffelsucher, der der Winzer nach dem Mund redete, fiel ihm ein. Alles, was sie sagte, bekräftigte er. Dabei kannte der sich noch weniger mit allem aus als sie. War ebenso nicht von hier. War nur der Neffe eines Szenekochs, der auch ein Freund vom Hannes war. Darauf bildete der sich etwas ein – und auf seine Trüffelsuche im Waldviertel.

Trüffel. Hier!

So etwas hatte Sepp Grubinger weder gehört noch erlebt. Und vor allem: nie gegessen. Gott bewahre! Dieses noble Zeug. Das sollte man ihm vom Leib halten!

Er war froh, dass die Resi vor Kurzem endlich zur Vernunft gekommen war und ihm wieder seinen Schweinsbraten machte. Den hatte sie ihm zwischenzeitlich vorenthalten. Weil sie ganz auf gesunde Küche umgestellt hatte. Sie hatte gesagt, er sei zu dick. Sie wollte auch mit der richtigen Ernährung Bluthochdruck vorbeugen. Dann hatte es jeden Tag Gemüseeintopf und am Abend ein Schnittlauchbrot gegeben. Als würde man davon satt werden.

Gut, eine Zeit lang hatte er ja mitgemacht. Ihr zuliebe. Er hatte ja nicht so sein wollen. Aber dann hatte er gestreikt. War oft zu Mittag ins Wirtshaus essen gegangen. Das hatte sie gekränkt und verärgert. Sie hatte aber daraufhin gewusst, dass er es wirklich ernst meinte.

Weil die Resi ihn ja auch mochte, haben sie sich kürzlich geeinigt: Einen Tag geht's beim Essen nach ihrem Wunsch, am nächsten nach seinem. Heute war er an der Reihe. Deshalb gab es Fleischknödel. Sie machte sie sowieso light. Also aus magerem Fleisch. Bio. Vom Bauernhof der Breiteneckers. Na gut, soll's sein. Aber auf die traditionelle Waldviertler Hausmannskost wollte *er* auf keinen Fall verzichten. Sepp Grubinger war sie von Kindheit an gewohnt. Und liebte sie. Immer eine Wonne.

»Pippo«, ertönte es durchs Haus. »Essen is fertig!«

Herrlich! Das war für ihn der Lichtblick des heutigen Tages. Eindeutig.

10. KAPITEL

»Das kann's nicht wirklich sein. Dein Vater ist kaum unter der Erde und du willst weiter expandieren? Überleg dir das noch einmal gut.« Matthias Riemer, Betriebsleiter des Sägewerks, mahnte seinen designierten Chef, Michael Reuther, zur Einsicht.

»Warum? Die Energiekosten sind so hoch, da rechnet sich jeder Festmeter Holz, den wir dazugewinnen, gleich mehrfach.«

»Hör mal, die haben jetzt in Zeiten hoher Energiepreise auf große Holzverwerter wie uns ein Auge geworfen. Wollen jede Holzlieferung von der Schlägerung bis zur Einfuhr lückenlos elektronisch dokumentiert haben. Hast du einmal daran gedacht?«

»Lass ab. Bei uns in den Wäldern ist nicht mehr wirklich viel zu holen. Die ergiebigsten Bäume hamma eh schon abgeholzt. Das Nachwachsen dauert halt einige Jahrzehnte. Und jetzt mit dem Borkenkäfer und den Unwettern? Die Holzqualität ist da großteils sowieso im Arsch. Aus dem Abfall kannst nur noch Pellets machen. Und die produzieren wir eh zuhauf.«

»Du hast recht. Außerdem gibt es bald neue, kostengünstiger gewonnene Energieformen. Man setzt auf die sensationelle Heliumfusion, billigeren Wasserstoff oder im Gegensatz zu heutigen Möglichkeiten: eine völlig neue Generation von Kernspaltung mit sehr geringem radioaktivem Abfall. Stell dir das einmal vor!«

»Wer's glaubt, wird selig. Auf jeden Fall dauert das noch.«

»Dann können wir mit unserem Holz und den Pellets sowieso brausen gehen. Bis dahin müssen wir schauen, dass wir noch ordentlich Gewinn machen.«

»Ja, an Märkten mit hochwertigem Holz wie Rumänien, Georgien oder der Ukraine müssen wir dranbleiben. Dürfen uns von der EU nicht entmutigen lassen.«

»Parallel den Fuß weiterhin fest in den südamerikanischen Markt hineinstellen. Der wird noch lang die Zukunft sein. Das Holz aus Kolumbien, Ecuador und Brasilien ist weiterhin billiger als anderswo. Trotz Transportkosten übers Meer.«

»Da hast du schon recht. Mit einer Spitzenqualität dazu.«

»Also, wenn du das ja eh alles weißt, warum rätst du mir von der Expansion unseres Unternehmens ab?«

»Dein Vater war damit aktuell nicht einverstanden. Er meinte, derzeit seien alle öko-hysterisch. Er wollte ein paar Jahre zuwarten, bis dieser globale Hype wieder nachlässt.« Riemer schmunzelte und nahm Platz. »Dann sitzen die Jungen der letzten Generation fest im Wirtschaftssattel und sind inzwischen genauso korrupt wie die Alten. Ich weiß, wie der Hase läuft. Glaub mir: Die Welt ändert sich nie.«

»Na, du bist mir einer. Sagst das so schonungslos. Ja, aber du kennst dich wirklich aus.« Nach seinen letzten Worten lächelte der künftige Sägewerkchef Michael Reuther und ging zu einem hellen Designerschrank, der dicht an der Sitzgruppe stand. Dort nahm er sich ein Glas mit Whisky aus der Bürobar. »Willst auch?«

»Nein, danke. Ich muss noch zu einem Termin mit unserem Spediteur. Du weißt, es geht um unser neues Nachverfolgungstool. Er hat einige kreative Ideen dazu.«

»Alles klar.« Reuther junior grinste.

Matthias Riemer war dabei, das Büro zu verlassen, als Reuthers Ehefrau Anita mit Hans Breitenecker den Raum betrat. Sie war gut gelaunt und genoss sichtlich die Höflichkeit ihres Begleiters, der ihr galant die Tür aufhielt. Sie blieb ihm zugewandt, während dieser die Tür schloss, sie aber beinahe streifte. Im Affekt griff er nach ihr und sie fiel in seine Arme.

Im selben Moment öffnete Romy Steiner die Seitentür, die aus dem Privatbereich ins Büro führte, und trat mit der Mutter des künftigen Geschäftsführers ein.

Michael Reuthers Blick blieb ernst, als er dem übermütigen Treiben seiner Frau zusah.

Hans Breitenecker entschuldigte sich für die Situation, die von niemandem weiter kommentiert wurde.

Reuther hatte Romy gesehen, beachtete sie aber nicht, sondern ging Anita entgegen.

»Hallo, Michael«, begrüßte sie ihn und gab ihm einen flüchtigen Kuss auf die Wange. Diese Liebesbezeigung schien ihn jedoch wenig zu begeistern. Vielmehr fragte er Hans, was ihn hierherführte.

»Mein Mitarbeiter ist plötzlich erkrankt. Jetzt bin ich eingesprungen und habe die Gemüselieferung für eure Werksküche gebracht. In welches Lager soll ich die Steigen stellen?« Hans räusperte sich jetzt. »Ähm. Ich habe vorhin eine Möglichkeit gesucht und bin da Ihrer Frau begegnet.«

Michael Reuther sah sie überrascht an: »Dann hätte auch sie Ihnen sagen können, wohin damit.«

Anita übernahm das Wort und ließ Hans, während sie sprach, nicht aus den Augen: »Wir haben uns so gut unterhalten, dass es sich einfach nicht ergeben hat.«

Reuther bat Matthias Riemer, sich noch vor dessen Termin mit Hans ums Abladen der Ware zu kümmern.

Um sich endlich Gehör zu verschaffen, fiel Romy Steiner dem Sägewerksbetreiber während seiner letzten Sätze ins Wort. »Dass Sie hier so seelenruhig Ihre Werksküche betreuen, freut mich für Ihre Belegschaft. Aber in meinen Wäldern liegen Tonnen von Holz, die auf den Abtransport warten. Es ist völlig unfair von Ihnen, den Preis weiterhin drücken zu wollen.«

»Also, es tut mir leid. Ich kann derzeit gar nichts machen, solange die Erbschaftsangelegenheiten nicht abgewickelt sind.«

»Die Geschäfte müssen doch weiterlaufen. Sie sind

interimsmäßig Geschäftsführer. Waren schon vorher der Stellvertreter Ihres Vaters. Sie wissen, was hier abgeht. Ich hoffe auch, dass Sie andere Entscheidungen als Ihr Vater treffen werden.«

Michael Reuther blieb zurückhaltend.

Seine Frau sah ihn abwartend an und saß inzwischen auf dem Sofa neben dem Besprechungstisch. Sie schenkte sich aus einer Karaffe, die auf dem Tisch stand, ein Glas Wasser ein. Seine Mutter wartete gespannt, wie er reagieren würde.

»Ihr Holz ist halt nix wert. Daher können wir dafür auch nichts bezahlen. Das wäre ja absurd.«

»Eine Frechheit ist das von Ihnen. So stimmt das nicht. Natürlich sind einige Baumstämme zur Weiterverarbeitung ungeeignet. Aber die Mehrheit ist okay. Sind bloß Opfer des Unwetters. Von der Substanz her ist das Holz gut zu gebrauchen. Sie sortieren sowieso nach Qualität.«

»Schauen Sie, es gibt jetzt so viel Auswahl für uns, dass wir den Preis vorgeben können. Auch die Wirtschaftskrise bringt mehr für uns, leider weniger für Leute wie Sie. Das können Sie drehen und wenden, wie Sie wollen.«

Romy Steiner geriet außer sich vor Zorn. »Sie sind genauso verbohrt wie Ihr Vater, und den habe ich schon …« Die Wald- und Schlossbesitzerin hielt sich mit weiteren Ausführungen zurück, bevor sie noch etwas Falsches sagen konnte.

Aus dem Sekretariat drängten zwei zornige Jäger ins

Büro: »Wir lassen uns von Ihrer Sekretärin nicht weiter abschasseln. Wir haben jetzt lang genug gewartet.«

Sie sahen sich um und entdeckten Romy Steiner. »Ah, Sie sind auch da! Frau Steiner, Sie können die Sache Rotwild gleich mitverhandeln. Sein Vater verlangte ja, dass es in unseren Wäldern zur Hälfte reduziert werden soll, damit die Baumqualität besser wird. Zu viele Rehe fressen jetzt die Jungpflanzen und teilweise die Baumrinde. Wie stellen Sie sich das künftig mit uns als Jägerschaft vor? Jeder und jede darf dann im Jahr nur noch ein Reh oder gar einen Hasen schießen?«

Der Zweite schloss an die Ausführung seines Vorredners an und beklagte sich: »Da zahlt sich ja nix mehr aus. Was sagen denn Sie als Waldbesitzerin dazu?«

Romy Steiner verhielt sich zurückhaltend. »Dazu möchte ich mich heute nicht äußern. Das ist ein neues Verhandlungsgebiet. Jetzt geht es erst einmal darum, die Wälder in ihrer Substanz überhaupt instand zu halten. Und das geht nicht, wenn die Bäume ewig liegen bleiben.«

Beide Jäger blieben unbeirrt. »Ich sagte Ihnen wie bereits Ihrem Vater: Mit uns werden Sie kein leichtes Spiel haben. Wir sind gut vernetzt. Halten als Jägerschaft ein Stück kulturelle Identität Österreichs aufrecht. Also sind wir auch für die Politik wichtig. Uns zwingen zu wollen, auf die Jagd zu verzichten, diese Ankündigung hat schon Ihrem Vater nicht gutgetan. Hüten Sie sich daher vor uns.«

»Na, na, wem wird da gedroht? Vor wem sollte man sich hüten?« Walli Winzer war inzwischen ins Büro gekommen, sah die Menschenansammlung und drängte sich durch.

Michael Reuther beachtete sie nicht, sondern blieb den beiden Jägern zugewandt. »Sie wollen mir drohen? Vor Zeugen? Vielleicht waren Sie beide, Hubsi und Franz, es ja, die meinen Vater umgebracht haben. Heimtückisch. Und dann im Wald notdürftig verscharrten.«

Der eine schnitt eine Grimasse und trat einen Schritt näher an ihn heran: »Wenn Sie's sagen. Das hätt ma dann schon früher tun sollen. Da wär uns vielleicht so einiges von euch erspart geblieben.«

»Was redst denn da für einen Blödsinn, Hubsi? Die hängen uns doch gleich den Mord an. Derzeit is da eh nix zu machen. Geh ma. Komm.«

»Is besser, wenn ihr jetzt geht«, fühlte sich Reuther bestätigt.

»Des wird sich bald ändern. Passen S' nur auf!« Die Jäger drohten mit einer Geste und verließen den Raum ohne Gruß.

Walli Winzer war mit den empörten Männern fast zusammengekracht und konnte gerade noch rechtzeitig ausweichen. Sie betrat das Büro und war aufgrund der verstörten Stimmung gleich im Bilde. In die Stille funkte sie protzig hinein: »Scheint dicke Luft zu sein.«

»Die gibt es bei uns oft«, kicherte Anita Reuther und rekelte sich auf dem Sofa. Danach stand sie auf und stellte sich an die Bürobar.

»Nein. Du nicht!«, brüllte sie ihr Ehemann an.

»Was willst du machen, wenn ich es doch mache? Mich auch umbringen?« Sie wurde ernst und schenkte sich trotz seiner Ermahnung ein Glas Martini ein.

Michael Reuther resignierte und machte eine abwehrende Geste ihr gegenüber. Dann stellte sie sich ans Fenster und blickte hinaus. Daher sprach er laut und deutlich: »Frau Steiner, ich lasse Ihr Holz für den bereits von meinem Vater vorgeschlagenen Preis abholen oder Sie suchen sich jemand anderen.«

Romy Steiner sah Walli an und reagierte auf seinen Vorschlag. »Sie wissen genau, je weiter weg der Wald ist, desto schlechter wird der Preis. Die Abtransportwege sind dann länger. Sie sind der nächstgelegene Abnehmer und haben den geringsten Aufwand.«

Walli Winzer wähnte nun den Zeitpunkt auch für ihr Anliegen gekommen: »Da wollt ich gleich einhaken. Denn bei mir steht ebenso ein riesiger Berg aus diesem alten Holz. Notdürftig zusammengeschlichtet. Der gehört endlich weg. Verschandelt den Ausblick aus meinem alten Schulhaus hinten auf den Feldweg zum Wald hin.«

»Walli, der Berg gehört auch zu unserem Wald. Ich möchte ja, dass er das alles endlich abholt.« An Reuther gewandt fuhr sie fort: »Sie waren früher immer entgegenkommender als Ihr Vater. Jetzt wollen Sie ihn an Grobheit und im Preisdumping überflügeln?«

Anita Reuther lachte und begab sich zurück auf ihren Platz am Sofa. Ihre Schwiegermutter rügte sie. Das Martiniglas hatte sie inzwischen mehrmals gefüllt. Sie nippte sichtlich angeheitert und lästerte: »Das hätte er wohl gerne, der Michael. Aber du wirst Jo nie das Wasser reichen können. Denn im Gegensatz zu dir war der weltgewandt und findig. Konnte manchmal sogar charmant sein, was dir gänzlich unmöglich ist. Das ist für dich immer noch ein Fremdwort.« Ihre Ausführungen berührten alle Anwesenden unangenehm. Weshalb niemand darauf reagierte.

»Also, Herr Reuther, wir müssen da noch einmal in Ruhe darüber reden. Sie müssen mir klar und deutlich Ihre Argumente auf den Tisch legen. Jetzt zwischen Tür und Angel geht das nicht«, versuchte Romy die Situation wieder in geordnete Bahnen zu lenken.

Bevor Reuther antworten konnte, kam Hans Breitenecker mit Matthias Riemer zurück. Riemer fiel gleich mit der Tür ins Haus: »Also, das Gemüse wurde jetzt im Kühlraum abgestellt. Aber den Schlüssel für den Erdäpfelkeller finde ich nicht.«

»Ja, wie soll ich das wissen, wo der sein soll?«, reagierte Michael Reuther mittlerweile gereizt.

Hans Breitenecker war währenddessen auf Walli zugegangen und hatte sie herzlich begrüßt. Sie wechselten ein paar Worte, als indes Michael Reuther seine fragile Balance zur Gänze verlor. »Wie soll ich jeden Kleinscheiß von euch wissen? Ich will mit so etwas nicht ständig belästigt werden. Ihr sollt mich damit in Ruhe lassen! Versteht Ihr«, brüllte er sie an.

Ehefrau Anita lachte schallend los und warf ihr leer

gewordenes Glas nach russischer Art an die Wand. »Na, sag ich's nicht! Überfordert. Sogar wenn du ihn umgebracht hättest«, sagte sie bereits illuminiert. »Du wirst nie so scharfsinnig sein wie er.«

Witwe Natalie Reuther stellte sich zu Anita und flüsterte ihr etwas ins Ohr. Walli und Romy sahen einander betroffen an. Als wären sie unfreiwillige Zaungäste einer der vielen Familiensoaps im TV oder auf Netflix geworden.

Hans Breitenecker bemühte sich, allgemein zu beschwichtigen. Er ging langsam auf den Schreibtisch zu und fragte Michael Reuther nach dem Zentralschlüssel zur Sägewerkanlage. Mit ihm würden sie auch die Türen zur Vorratskammer der Kantine öffnen können.

Reuther öffnete die Schreibtischlade und holte eine Chipkarte hervor.

»Da«, hielt er sie seinem Mitarbeiter hin, »die ist es.«

Währenddessen nutzte Walli die Gelegenheit, ging auf Anita zu und fragte sie, ob sie sich wirklich vorstellen könne, dass ihr Mann seinen Vater umgebracht habe. Sie antwortete unumwunden mit »Ja«.

Romy Steiner versuchte, Haltung zu bewahren, und machte sich auf einem Zettel Notizen.

Die Witwe Natalie Reuther ging währenddessen an die Tür und führte den Dorfpolizisten Sepp Grubinger herein. Der staunte nicht schlecht, als er die Ansammlung sah. Obwohl es früh am Morgen war, schien er offenbar der Letzte zu sein, der das Verwaltungsgebäude des Sägewerks betrat.

Und nein, das konnte nicht sein! Diese Winzer befand sich mittendrin. Die und früh aufstehen! Das konnte er nicht glauben. Sie als Städterin. Über solche hatte er gehört, dass sie in der Regel spät aufstanden. Sogar wenn sie zur Arbeit gingen. Daher konnte etwas wirklich nicht stimmen. An der Situation. Wenn *die* um diese Zeit schon da war.

11. KAPITEL

Na gut. Sie selbst war auch kein Kind von Traurigkeit, wenn es um rasante Tempi ging. Manchmal, wenn sie schnell fuhr, beflügelte das ihre Gedanken. Eindeutig. Wenn diese sich wieder einmal verkrampft hatten. Festgezurrt waren. Lockerten sich dann. Wenn sie konzentriert über die Straße flog.

Dabei hatte sie den Weg in einer Art Tunnelblick vor sich. Nahm kaum wahr, was links und rechts davon abging. Schaltete ab. Ließ sich meditativ gehen. Für den Augenblick. Wenigstens.

Um dann wieder da zu sein. Erleichtert. Regeneriert. Ruhiger. Voller neuer Impulse. Gedanken, die aus dem Unterbewusstsein hochkamen. Einer nach dem anderen. Die zuvor zu einem Knäuel verwickelt waren. Sich den Weg zwischen Tempo und Konzentration freigeschaufelt hatten. Da waren. Plötzlich. Jetzt.

Walli Winzer konzentrierte sich auf eine Kurve. Die Rasanz, die Romy Steiner vor ihr hinlegte, war ihr keineswegs geheuer. Deren Fahrtempo lag gefühlt über der Schallgrenze. Romy fuhr eindeutig zu schnell. Fast verantwortungslos. Rücksichtslos.

Durch den Wald. Ihren eigenen Wald. Durch den einst die Bundesstraße gelegt worden war.

Eine tiefe Schneise. Mitten hinein. Um die Kurven schneller nehmen zu können.

Wie eine Wunde klaffte sie. Die noch blutete. Heute. Wenn das Aufjaulen der Motoren und der Lärm der Auspuffe sich in den verbliebenen Bäumen brach. Wie in einem Kessel. Schaukelte dann der Schall hin und her. Als Echo.

Davon und vom Lärm ihres eigenen Motors dröhnten Walli beim offenen Autofenster die Ohren. Mit der Hand hielt sie sich eines zu. Das zweite versuchte sie gleichzeitig auf die Schulter zu pressen. Sie wollte, so gut es ging, die lauten Geräusche abwehren. Ein wenig gelang ihr das auch.

Nach Kurzem beschloss Walli Winzer, dass es besser war, sich nicht mehr an Romy Steiner anhängen zu wollen, sondern reduzierte ihr Tempo. Es war sinnlos, einem Phantom nachzujagen, das auf seine Umgebung gewissenlos zu reagieren schien. Warum sollte sie, Walli Winzer, mit ihrem Tesla-Cabrio wie wild durch die Landschaft flitzen, statt diese zu genießen?

Romy Steiner hatte sie gebeten, nach dem Besuch des Sägewerks mit aufs Schloss zu kommen. Sie hatten sich länger nicht gesehen und daher einiges miteinander zu besprechen. Es war nicht nur der Streit mit den Reuthers, der Romy offenbar belastete. Ihre schroffe Reaktion dort und auch auf der Vernissage hatten Walli Winzer irritiert. So kannte sie die Freundin nicht. Irgendetwas hatte sie aus dem Gleichgewicht gebracht. Belastete ihre fragile Sensibilität. Setzte ihr zu.

Romy Steiner war bereits außer Sichtweite. Walli Winzer kannte den Weg zum Schloss. Bog rechts seitlich von der Bundesstraße in den Weg durch die Fichtenwälder ein und stellte ihren Wagen auf dem Parkplatz ab. Der Kies knirschte, als sie mit ihren Plateauschuhen auftrat. Sie hatte sie gegen ihre geliebten High Heels eingetauscht. Denn sie waren wieder in oder, wie man jetzt sagte, hip geworden.

Größer zu sein, als man war, lautete nicht zuletzt ihr Marketing-Motto. Darin war sie wirklich gut. Ihr konnte niemand so schnell etwas vormachen. Sie durchschaute alles. Na ja, fast alles. Agierte mit ihren männlichen Mitbewerbern auf Augenhöhe. Betonen wollte sie das durch ihre Größe. Was sie mit ihren neuen hohen Schuhen konnte. Den meisten stand sie fast Auge in Auge gegenüber. Denn die meisten Manager waren heutzutage eher mittelgroß. Konnten daher im wahrsten Sinne des Wortes nicht wirklich auf ihre Mitbewerberinnen herabschauen. Obwohl einige es immer noch gerne probierten.

Aber nicht mit ihr! Deren Verunsicherung genoss sie. Ihr Ziel hatte sie dann beim Gegenüber erreicht.

Walli Winzer sperrte ihr Auto mit der Fernbedienung ab und drehte sich dazu nicht mehr um. Sie war beschäftigt, in ihrer riesigen Mandarina-Duck-Tasche, die sie irgendwann gegen das Gucci-Modell ausgewechselt hatte, ein Taschentuch zu suchen. Walli griff blind hinein und tastete den Innenbereich zentimeterweise ab. Da sie sich dabei weit und breit nicht abstützen konnte, versuchte sie immer wieder mit ungelenken Bewegungen, ihr Knie anzuheben, um den Beutel darauf abzustellen. Doch das funktionierte nur kurzzeitig. Daher hüpfte sie wankenden Schritts immer näher an das schmiedeeiserne Schlosstor heran. Schließlich blieb sie darunter stehen und stellte die Tasche am Sims des gemauerten Torpfeilers ab.

»So ein Mist«, fluchte sie und streckte ihre Hand tiefer hinein. Endlich hatte sie die Packung gefunden, zog ein Papiertaschentuch heraus und schnäuzte sich.

Gerade als Walli Winzer das Taschentuch in das Seitenfach der Handtasche zurücksteckte, hörte sie ein zorniges Grunzen. Sie war noch damit beschäftigt, den Reißverschluss zuzuziehen, und neigte sich zur Seite, da krachte etwas dicht neben ihr auf den Boden. Erschrocken sprang sie weg und war froh, nicht getroffen worden zu sein. Sie blickte hoch und entdeckte wenige Meter über sich einen Arbeiter mit gelber Sicherheitsweste inklusive Helm. Er saß auf der Schräge des Tordachs und sah betroffen auf Walli hinunter. Dann nahm er die iPhone-Stöpsel aus den Ohren. »Na, des ist ja no amoi guat gangen und nix is passiert.«

Walli Winzer musste sich erst einmal fassen. Ihr war inzwischen bewusst geworden, dass sie eben nur haarscharf dem sicheren Tod entgangen war. Ein Dachziegel war mit Wucht herabgefallen und hätte sie mit

Sicherheit getroffen, wenn sie sich nicht über die Tasche gebeugt hätte. Nur dadurch war er neben ihr gelandet.

»Sind Sie bescheuert!«, brüllte sie zu dem jungen Mann hinauf. »Wie kann das passieren? Sie hätten mich fast erschlagen!«

»Tut ma wirklich load. I hab Sie net kommen sehen, und der Zieagl is ma afoch aus der Hand grutscht.«

»Das gibt's doch nicht. Wenn ich auf dem Kies gehe, ist das doch sehr laut. Geradezu unüberhörbar, dass da jemand kommt.« Walli sah jetzt erst die weißen Kopfhörer in seiner Hand. »Aber wenn Sie zugestöpselt bei der Arbeit sind, is es kein Wunder, dass Sie nix hören.«

Der junge Mann stieg die Leiter hinab und stellte sich neben Walli. »Ja, wissen S', normalerweise is da ja net viel los. Und für die kurze Zeit, wo i die Ziegel auswechsle …« Er brach ab. »Bitte sagen S' nix. Sonst bin i mei Lehrstelle los. Hab's ja net absichtlich toan. Tuat ma load, des mit dem Ziagl.«

Walli Winzer sah in das betroffene Gesicht dieses großen Buben, seufzte noch einmal erleichtert und massierte dabei nervös ihren Nackenbereich. Dann wandte sie sich an ihn: »Sie stecken aber nie wieder solche Stöpsel während der Arbeit in die Ohren. Noch dazu auf einem Dach. Versprochen? Wenn Ihnen jemand was zuruft, hören Sie ja nix. Ihre Musik ist dann zu laut.« Walli ordnete ihren Handtaschengurt auf der Schulter, während sie ihren Vorschlag unterbreitete.

Indes kam ein Mann ebenfalls mit gelbem Helm auf beide zu. »Ist alles in Ordnung?«, fragte er. Ob er zuvor etwas beobachtet hatte, wusste Walli nicht. Weiteres sollten die beiden unter sich bereden. Sie jedenfalls wollte diesem Ungemach keine weitere Aufmerksamkeit mehr schenken und machte sich wortlos aus dem Staub.

Auf halbem Weg kam ihr Romy Steiner entgegen. »Walli, alles in Ordnung?«

»Passt schon. Wir haben noch etwas zu besprechen«, lenkte sie Romy mit einem kräftigen Schubs in die Richtung zurück, aus der sie gekommen war.

Im Schlosshof lief knapp vor ihnen plötzlich ein kleines, dunkles Etwas behänd aus dem Restaurant. Dabei blieb es kurz in der Mitte stehen, sah die Kommenden und lief weiter in den Park.

»Iiiiii!«, kreischte Walli Winzer. »Eine Ratte!« Sie sah besorgt zu Romy Steiner. »Die kommt aus der Küche. Um Gottes willen! Das kostet euch die Konzession. Romy, tu was und steh nicht herum!« Walli Winzer war außer sich. Sie griff sich an den Hals, als könnte sie damit ein Würgen unterdrückte. Dann hustete sie verhalten und hielt dadurch Weiteres hintan. Romy strich ihr zur Beruhigung über den Rücken.

»Walli, übertreibe nicht gleich wieder. Das war keine Ratte, sondern Hansi, unser Hauswiesel. Unsere Kinder haben es vor ein paar Monaten verletzt am Waldrand gefunden und mit nach Hause genommen. Wir haben es gesund gepflegt und wieder der Natur übergeben. Es hat uns während dieser Zeit lieb gewonnen und geht seither bei uns ein und aus, wie es ihm beliebt.«

»Das weiß ich ja gar nicht.« Walli räusperte sich nochmals und ihr Hustenreiz war im selben Moment vorbei.

»Du warst einige Zeit nicht in Großlichten und daher nicht bei uns. Alle freuen sich, wenn sie unser Hauswiesel sehen. Auch die Gäste, wobei manche wie du kurz erschrecken, dann aber lachend weiterplaudern. Wir hatten mit Hansi sogar schon einen Bericht im Bezirksblatt.«

»Was euch immer einfällt.« Walli Winzer schüttelte ungläubig den Kopf und zog ihre Bluse zurecht. Danach strich sie sich noch korrigierend über ihr langes blondes Haar. »Bessere PR für euer Schloss könnte auch mir nicht einfallen«, lachte sie schließlich.

Sie waren inzwischen an den Tischen im Hof vorbeigegangen und traten nun in ein modernes Café-Restaurant ein. Einige Gäste saßen zu zweit an Tischen. Nur eine Wandergruppe, bestehend aus zwei älteren Paaren, hatte sich um einen der größeren gruppiert und besprach gut gelaunt die Besonderheiten ihrer nächsten Route.

Im hinteren Teil des Lokals befanden sich noch drei Frauen, wobei eine mit dem Rücken zum Vorderbereich saß. Sie richtete ihre Aufmerksamkeit ganz auf die Sitznachbarin, während jene ihr gegenüber gelangweilt ihre Fingernägel betrachtete.

Romy Steiner nahm sie mit einem kurzen Blick wahr, ging zur Theke und legte ihre Tasche ab. Walli setzte sich auf den Barhocker, während Romy ihr die Speisekarte vorlegte.

»Such dir etwas aus. Ich gehe derweil zu Julia und begrüße eine alte Freundin von mir.« Eilig ging sie an Walli vorbei, redete im Vorübergehen mit den Gästen und steuerte den Tisch mit ihrer Ehefrau Julia an.

Walli sah, dass Romy eine Zeit lang an diesem stehen blieb, aber gegen ihre sonstige Gewohnheit zurückhaltend blieb. Kurz darauf kam sie zurück.

»Weißt du inzwischen, was du möchtest?«, fragte sie die Freundin.

Walli Winzer hatte die Karte noch gar nicht aufgeschlagen. Merkte auch, dass sich bei ihr noch kein Appetit einstellte. Daher orderte sie: »Wie immer einen Caffè Latte. Mit einem Glas Wasser.«

»Klar doch. Das gebe ich sowieso dazu.«

Walli fiel eine gewisse Anspannung bei Romy auf. Auch zuvor war sie unwirsch und herrisch gegenüber einigen ihrer Angestellten gewesen. So kannte Walli die junge Frau nicht. Im Gegenteil. Romy war sonst ausgeglichen und fand immer die passenden Worte. Was ihr wohl über die Leber gelaufen sein mochte? Walli Winzer wusste nicht genau, ob sie Romy Steiner darauf ansprechen sollte. Sie entschloss sich letztlich, es doch zu tun.

»Romy, was ist los? Irgendetwas stimmt nicht, kommt mir vor.«

Romy Steiner tat vorerst so, als hätte sie nicht gehört, was die Freundin sie gefragt hatte. Stattdessen griff sie nach einigen Gläsern auf der Theke, die sie unter fließendem Wasser abspülte.

Dann wandte sie sich Walli zu und sah sie ernst an. »Was würdest du machen, wenn du zusehen müsstest, wie deine Wälder langsam dahinrotten, weil ein geldgieriger Sack Preisdumping betreibt und das Holz nicht abholt. Wähle ich einen anderen, werden die Transportwege teurer und ich bekomme dafür noch weniger. Denn absprechen tun sich alle untereinander, wenn es um einen so großen Auftrag wie den unseren geht.«

Walli Winzer nickte verständnisvoll. »Aber die Reuthers brauchen doch Holz für ihren Betrieb. Ich verstehe daher nicht, weshalb er auf deines verzichtet.«

»Walli, es gibt viel zwischen Himmel und Erde, das nicht zu erklären ist. Für mich ist dieser Reuther in seiner Gesamtheit ein Arsch. Also, beim Alten muss man sagen: *war*. Ich habe ihn nicht anders erlebt. Immer nur auf der Gewinnerseite. Andere dabei ausnutzend. Herablassend. Ohne Verständnis. Auch wenn es anders gegangen wäre. Wie für unseren Wald. Er noch genug Gewinn herausschlagen hätte können. Aber das war in seinem Denken nicht vorgesehen. Er hatte immer nur Spaß daran, zu demütigen. Wie krank der in seinem Hirn war.«

Romy Steiner trocknete zwei abgewaschene Kaffeegläser ab und füllte sie mit geschäumter Milch. Danach leerte sie zuvor gebrühten Kaffee von der Espressomaschine nach und setzte beiden dekorativ ein Milchhäubchen auf.

»Der war halt noch einer vom alten Schlag. Wie andere hier auch.«

»Ja, aber einer von der ganz üblen Sorte. Und jetzt tritt der Sohn in seine Fußstapfen. Wir hatten, wie du merkst, kein gutes Einvernehmen. Auch er will meine unglücklichen Umstände ausnutzen.«

Walli sah die Freundin von der Seite aus an. »Ich glaub, du nimmst das viel zu ernst. Alle haben doch die gleichen Probleme. Niemand wird angemessen für das geschlägerte Holz bezahlt.«

Romy Steiner schwieg. Kurz darauf setzte sie das Gespräch fort. Dabei fixierte sie Walli Winzer mit ihrem Blick und rückte näher an sie heran: »Stimmt schon. Aber die meisten müssen nicht davon leben und haben nicht Mitarbeiter und Mitarbeiterinnen zu bezahlen. Ich schon. Aber mir geht es nicht nur darum.«

»Was ist sonst los?«, fragte Walli und sah von ihrem Caffè Latte hoch.

»Es war immer seine Art, wie er sich mir gegenüber benahm. Diese stille Verachtung, wenn ich mit Julia zu einem der Empfänge hier in Großlichten ging.«

»Da müsst ihr beide doch über den Dingen stehen. Solche wie den gibt es überall. Und sicher noch lang. Gerade jetzt, wo Diversität überall propagiert wird, verstecken die ihre Vorurteile nur geschickter. Lassen ihre Verachtung dosierter heraus. Klar trifft so etwas umso mehr. Weil man nicht damit gerechnet hat. Aber das weißt du doch, dass das bei manchen so ist.«

»Ja, sie boykottieren, wo es nur geht, und lassen einen leerlaufen. An Kräften. Keiner kann ihnen das je nachweisen. Alle werden dich nur fragend anschauen.

Nicht wissen, was du meinst«, resignierte Romy Steiner sichtlich. »Das ist nicht nur bei manchen Konservativen der Fall. Auch die Linke verhält sich oft so. Ein bisserl versteckter halt. Weil dein Lebenskonzept mehr in ihr politisches Denken passt. Lassen es dafür bevorzugt an jenen aus, die nicht in einem von ihnen geführten Gesellschaftsprojekt angestellt sind. Ohne die passenden politischen Kreise wirst du auch dort nicht unterstützt.«

Walli Winzer hob bestätigend ihre Achseln und nippte an ihrem Caffè Latte. Dann sah sie Romy Steiner ernst an und fragte weiter: »Aber das weißt du doch, Romy. Was ist also wirklich mit dir los? So larmoyant kenne ich dich sonst nicht. Wo bleibt deine Lust, die Gesellschaft aufzubrechen? Sie nach deinen Vorstellungen zu gestalten und in eine moderne zu verwandeln? Dein Elan, alle Menschen zu einem sinnerfüllten, freien Leben zu begleiten?«

Romy setzte ein müdes Lächeln auf. Sie strich sich mit der Hand durchs Haar, schniefte und sah abgekämpft zur Seite. Danach widmete sie sich erneut Walli.

»Die Herabwürdigungen und Kränkungen, die ich erlebt habe, sitzen tief. Die werde ich so schnell auch nicht vergessen.«

»Du meinst die Geschichte vor eurer Hochzeit. Mit Julias Vater. Der euch als Teenager auseinandergerissen hat, seine Tochter mit seinem Mitarbeiter verheiratete und versuchte, dich bei deiner Rückkehr nach Großlichten mit allen Mitteln loszuwerden. Romy, das ist vorbei! Die meisten im Ort mögen dich doch. Julia und die Kinder auch.«

Romy Steiner lachte angestrengt. »Wenn ich sie dafür bezahle, dann tun sie das schon. Aber wenn es darauf ankommt und ich auf mich allein gestellt bin, dann fühle ich mich nach wie vor ausgeliefert. Vogelfrei. Einsam.«

»Romy, was ist denn mit dir los? Was verunsichert dich plötzlich so? Nimmt dir die Lebensfreude?«

Der Blick der Freundin verdüsterte sich abermals. Da war etwas, was sie Walli anvertrauen wollte. Romy Steiner hob an, es zu erzählen. Doch dazu kam es nicht mehr. Die Tischgesellschaft, der Julia Winkelbauer-Steiner angehörte, lachte laut auf. Alle sahen dorthin. Erlebten auch, wie eine junge Frau mit schulterlangem dunklem Haar Julia an sich zog und auf den Mund küsste.

12. KAPITEL

»Harry, wie's bei dir ausschaut! Die Schränke hat ja schon jahrelang kein Putzfetzen mehr gesehen.«

Eine Frau mit Zopf stand auf einem Schemel und streckte sich weit nach oben, um an den hinteren Bereich eines Küchenkästchens zu gelangen. Ihre Sorgenfalten auf der Stirn verrieten, dass ihr diese Tätigkeit absolut keinen Spaß machte. Nachdem sie die Hand wieder zurückgezogen hatte, blickte sie auf das Tuch voller Staub, gemischt mit Bröseln.

»Sag amal, wann bist du denn das letzte Mal da drübergefahren?«, fragte sie einen großen Mann mit blondem angegrautem Haar.

»Na ja, ich glaub, ehrlich gesagt, noch nie.«

Sie stöhnte laut auf. »So schaut's auch aus. Harry, wenigstens einmal im Jahr musst du das machen. Da geht es ja um eine gewisse Hygiene, die du in der Küche brauchst.«

»Ach, wenn ich etwas verwende, Karin, dann staub ich es eh vorher ab.«

»Na, da bin ich aber froh!« Seine Offenbarung entlockte ihr bloß ein schrilles Lachen.

»Ja, oder ich halte es unters Wasser. Aber meistens esse ich auswärts. Werde zum Essen eingeladen.«

Das beruhigte seine Schwester nun sehr.

»Du stellst mir ja schon fast so viel Fragen, als wärst *du* die Journalistin und nicht ich.« Er lachte. »Und du bist um mich besorgt, als wärst du die Ältere und nicht umgekehrt.«

»Schau, wenn ich dich schon einmal besuchen komme, möchte ich auch wissen, dass alles bei dir in Ordnung ist. Ich fahre doch in ein paar Tagen wieder und war schon so lang nicht mehr hier.«

»Wir sehen einander leider viel zu wenig. Dabei ist es über die Horner-Schnellstraße nur knapp über eine Stunde von Wien. Und dann ist man gleich in einer ganz anderen Welt.«

»Da hast du recht. Langsamer, überschaubarer und einsamer.« Sie stieg vom Schemel herab und deutete mit dem schmutzigen Tuch an, über Harry Kains Nase streichen zu wollen. Dieser duckte sich behänd, umfasste ihre Taille und drückte ihr als Dankeschön für ihre Putzkünste ein Busserl auf die Wange.

Sie freute sich und tupfte mit ihrem Finger auf seine Nasenspitze. »Ja, und das mit dem Alleinsein. Das gefällt mir gar nicht. Wann wird es wieder einmal eine Frau in deinem Leben geben, Harry?«

»Karin, jetzt redest du schon wie unsere Mutter. Und die ging mir nicht so auf die Nerven wie du jetzt.« Harry grinste seine Schwester vorwurfsvoll an.

»Nach der Geschichte in der Redaktion hättest du

dich damals nicht im Affekt von der Claudia trennen sollen. Ihr habt so gut zusammengepasst …«

Harry fiel ihr ins Wort, da er den Gedanken an damals nicht ertrug. »Sie war auf der Seite der Redaktion und nicht auf meiner. Hat mir nicht vertraut. Auch nicht als Journalistin. Das war für mich keine Basis mehr für eine Beziehung.«

»Aber sie hat doch ihre Meinung kurz danach geändert. Als alles rauskam.«

Harry sah sie lang und wortlos an, dann ergänzte er: »Für mich ist Vertrauen alles. Im Beruf und privat. Da war dann nichts mehr zwischen uns. Nichts zu reparieren.«

Er wandte sich von Karin ab und schenkte sich aus der Kaffeekanne eine Schale ein. Danach blieb er mit dem Rücken zu seiner Schwester stehen. Harry signalisierte unmissverständlich, dass das Thema hiermit für ihn abgeschlossen war. Er nicht mehr an damals denken wollte.

»Und was das Alleinsein betrifft: Da brauchst du dir keine Gedanken darüber zu machen. Auf dem Land ist das fast nicht möglich. Anders als in der Stadt. Hier besucht ständig jeder jeden. Oder ich bin wegen einer Geschichte unterwegs und lerne neue Leute kennen. Ja, und dann gibt es auch noch das Handy«, drehte Harry Kain sich nun um und sah seine Schwester liebevoll an. »Du brauchst dir daher um mich keine Sorgen zu machen. Es ist alles in bester Ordnung.«

»Ich meine ja auch das mit dem Herzen. Eine, die es wieder erobert.«

Plötzlich war zweimaliges Hupen von draußen zu hören. Beide erschraken und sahen zum Fenster hinaus. Harry erstarrte. Er verdrehte die Augen, als er den interessierten Blick seiner Schwester bemerkte.

Es war Walli Winzer in einem bunten, leicht geschürzten Sommerkleid mit kräftigen Farben. Ihr blondes Haar wippte, als sie sich mit energischen Schritten seiner kleinen, alten Mühle näherte.

»Nicht einmal daran denken«, versuchte er jeglichen aufkeimenden Gedanken seiner Schwester bereits im Keim zu ersticken. »Nur über meine Leiche!«, versicherte er ihr.

Seine Wortdrohung schien keinen großen Eindruck auf Karin zu machen. Freundlich und herzlich empfing sie Walli an der Tür.

Diese wiederum war erstaunt, eine ihr völlig unbekannte Frau hier anzutreffen. Gespannt sah Walli Winzer zu Harry, der sich seinerseits bedeckt hielt. Instinktiv freute er sich über ihre Verunsicherung. Denn Walli war deutlich anzusehen, dass sie überlegte, wer die Frau sein konnte.

Privat wusste sie über Harry Kain so gut wie nichts. Nur so viel, dass er nicht ganz freiwillig hier im Waldviertel gelandet war. Beruflich hatte es irgendwann in Wien nicht mehr geklappt. Genaueres darüber zu erfahren, dem war sie bereits länger auf der Spur. Aber dass er auch eine Partnerin hatte? Das war neu für sie.

»Kain mein Name, ich grüße Sie«, stellte sie sich vor.

Also doch. Harry war verheiratet. Und lebte hier

allein? Hm. Die entsprechenden Beziehungsmuster zuzuordnen, wurde immer komplizierter, da jeder und jede sein Leben so autonom wie möglich gestaltete. Und sie war absolut keine Prinzipienreiterin. Im Gegenteil! Gab sich dahingehend in allem unkompliziert. Aber gewisse Anhaltspunkte zu erfahren, fände sie zweckdienlich. Man wollte sich ja auch auf jemanden einstellen können. Niemandem zu nahe treten.

Walli lächelte verschmitzt und hatte das Gefühl, nun eines von Harrys Geheimnissen, die er seit Langem mit sich trug, gelüftet zu haben. Fast sah sie ihn ein wenig triumphierend an, vermeintlich mehr über ihn wissend, als ihm lieb sein durfte. Wie ertappt blickte er zur Seite, was ihre Vermutung bestätigte.

Sich mehr auf ein vertrautes Gespräch mit der vermeintlichen Ehefrau Harrys einzulassen, gelang nicht, da ein Hund aus der Ferne kläffte und dadurch die Aufmerksamkeit aller vor den Eingangsbereich lenkte.

»Erwartest du jemanden, Harry?«, fragte sie, während sie sich auf den Weg machte, um nachzusehen. Sie hatte seine Reaktion nicht abgewartet, weshalb Harry sich gegenüber Walli ahnungslos gab.

Walli folgte, da sie eine männliche Stimme hörte, die aufgeregt den Namen des Hundes rief: »Tartuffe, wirst du herkommen! Hörst du?« Aber er tat es nicht. Wollte einfach nicht.

Der Lagotto lief unbeirrt weiter und eilte seinem Herrchen voraus. Er schnüffelte schließlich aufgeregt am Schuhband von Harrys Schwester. Da diese Hunderasse ausgesprochen freundlich war und Tartuffe keinerlei angsteinflößenden Gesten setzte, streckte Karin ihm ihre Hand entgegen. Sie ließ ihn daran schnuppern und fuhr ihm daraufhin liebevoll über sein Fell. Aufgeregt genoss er die Liebesbezeigung.

Inzwischen war auch Marius Riesz beim Haus angekommen. »Es tut mir leid, dass er mir entwischt ist. Normalerweise reagiert er verunsichert, wenn ich nach ihm rufe. Nur heute gibt er sich absolut bockig.« Er beugte sich zu ihm und zog leicht an dessen langem Schlappohr. Im Anschluss kraulte er sein Köpfchen. »So ein Schlingel«, kniete Marius sich nun neben ihn und ließ sich von Tartuffe vor Freude das Gesicht lecken. Im Blindflug mit zusammengekniffenen Augen legte er ihm inzwischen die Leine an und stand auf.

»Da er heute auf meinen Zuruf nicht reagierte, muss ich daraus Konsequenzen ziehen. Jetzt waren Sie es, die er im Visier hatte. Später ist es unter Umständen ein Reh, das seinen Jagdtrieb in Gang setzt.«

»Im Wald muss man Hunde sowieso an der Leine führen«, war nun auch Harry aus dem Haus gekommen. Er musterte Marius streng.

»Ich weiß. Tartuffe ging zuvor dicht neben mir. Ich konnte die Hand nach ihm ausstrecken und ihn zwischendurch streicheln. Aber Sie haben recht: Was in so einem kleinen Köpfchen vor sich geht oder welcher Laut einen Hund zum Weglaufen stimuliert, weiß man nie.«

»Daher ist es Pflicht, Hunde anzuleinen und nur in ausgewiesenen Zonen frei toben zu lassen.«

»Eben. Wildtiere gehören geschützt und nicht von Hunden gejagt und gerissen.« Eine junge Frau kam mit einem Köcher am Rücken sowie Pfeil und Bogen in der Hand aus dem Dickicht des Waldes auf das Grüppchen zu. Ein Mann in olivfarbenem T-Shirt und einem lässig über die Schulter gelegten Jagdhemd ging dicht neben ihr.

»Ich finde jedes Jahr mehrere tragisch verendete Tiere im Wald. Erst im Frühjahr musste Ronald ein Kitz mit zerbissenen Hinterläufen erschießen. Ein Hund hatte es erwischt. So etwas muss endlich aufhören!« Anita Reuther verwies auf ihren Forstmeister.

»Ich zeige Sie an, wenn ich Sie noch einmal mit Ihrem Trüffelhund ohne Leine erwische«, legte dieser unverhandelbar nach.

Anita Reuther stärkte dessen Position, indem sie erwähnte: »Ich habe Sie in den letzten Tagen öfter mit Ihrem Hund ohne Leine durch den Wald streifen gesehen. Sie sind sogar am Abend mit ihm unterwegs gewesen. Ich habe während der Vernissage, als ich auf meinen Mann Michael wartete, beobachtete, wie Sie aus dem Wald kamen. Aus der Richtung, wo später auch mein Schwiegervater gefunden wurde.«

Marius Riesz wurde die Situation unangenehm. Er sah Anita bestürzt und wortlos an. Es entkam ihm dann bloß ein knappes: »Daran kann ich mich gar nicht mehr erinnern.«

Der Lagotto war inzwischen ebenso unruhig geworden. Die ungezwungene Stimmung von zuvor war wie verflogen. Marius lenkte daher zum eigentlichen Anliegen seines Kommens. Er wandte sich Harry zu und erinnerte ihn an dessen geplanten Bericht im Regionalmagazin »Griaß di« über die Trüffelsuche in den Wäldern des Waldviertels.

Doch der schien vorerst verdutzt über den indirekten Vorwurf Anita Reuthers gegenüber Marius zu sein und wusste nicht, wie er am besten darauf reagieren sollte.

Anita Reuther brachte allerdings gegenüber Marius weitere Anschuldigungen vor: »Sie suchen außerdem in unserem Wald nach Trüffeln. Da wäre es doch das Mindeste, dass Sie sich an die einfachsten Regeln halten, da Sie ja auch noch Ihren finanziellen Nutzen daraus ziehen.«

Marius Riesz sah mit ehernem Blick nach der Waldbesitzerin und versicherte ihr, dass er Tartuffe keineswegs mehr frei herumlaufen lassen werde.

Bevor die Lage in dieser angespannten Situation auch noch wegen des unaufgeklärten Mordes eskalierte, schaltete sich Walli Winzer ein. Sie stellte sich zwischen Anita und Marius und ließ diesem dadurch die Möglichkeit, mit Harry ins Haus zu gehen. Sie selbst wollte mehr von Anitas Beobachtungen hören. Diese redete sich zunehmend in Rage. »Was ist Österreich nur für ein Land. Da kommt man als Waldbesitzerin für dessen Pflege auf, und alle dürfen ihn gratis benützen. Das ist in Großbritannien, was Wegerechte betrifft, anders. Wandertruppen müssen zuvor die Zustimmung der Eigentümer einholen, wollen sie deren Grundstücke betreten.

Bei uns hingegen darf man das ungefragt. Da könnte man doch angemessenes Verhalten voraussetzen. Stattdessen frequentieren Mountainbiker und Wanderer in Massen die Hohlwege. Hinterlassen dort ihren Müll. Man kann völlig nutzlos ›Privat‹ auf Fahrverbotsschilder schreiben. Immer wieder kurven Schwammerlsucher trotzdem mit Pkws direkt zur Fundstelle von Pilzen. Was sagen Sie dazu?«

Walli Winzer merkte, dass es mit ihrer Recherche zum Mord im Augenblick wohl eher nichts wurde. Anita Reuther war viel zu aufgebracht, um nur halbwegs etwas Sinnvolles aus ihr herauszufiltern. Sie redete sich zusehends in einen Wirbel.

»Wenn es nur um wenige Decker an Gewicht zum eigenen Verzehr ginge. Aber nein! Es sind viele Kilo Pilze, die da weggeschleppt und oft verkauft werden. Von echten Himbeeren und Heidelbeeren ganz abgesehen. Maßlos finde ich das. Überzogen. Eine Ausbeutung der Natur.«

Na ja, Walli dachte an die Dumpingpreise, die Anitas Schwiegervater den Menschen seiner Umgebung ohne Wenn und Aber aufgedrückt hatte, sogar Besitzerinnen und Besitzern anderer Wälder vorzugeben versucht hatte. Für sie war in erster Linie *das* Ausbeutung.

13. KAPITEL

Wenn es im Waldviertel einmal regnete, konnte es mitunter sogar im Sommer kühl werden. Man dachte aber auch sofort an die Äcker und die Natur, die dann aufatmeten. Den Bauern waren solche Tage angenehm. Sie erledigten all das, was übrig geblieben war. Denn ihre kleine Landwirtschaft betrieben sie oft neben dem eigentlichen Beruf.

Allerdings konnte Sepp Grubinger diesem Morgen wenig abgewinnen. Es war sehr früh und die Wolken hingen schwer. Das bedeutete: Es würde den ganzen Tag so bleiben.

Sein Vorgesetzter, Bezirksinspektor Adi Platzer, hatte ihn vorzeitig aus dem Bett geholt und ihm mitgeteilt, dass der Obduktionsbefund von Johann Reuther endlich da sei. Ins polizeiliche Verschlüsselungssystem sei dieser bereits eingegeben worden und ab sofort durch seinen Dienstcomputer abrufbar. Reuther sei die Kehle durchgeschnitten worden. Langsam sei er an dem zweiten Schnitt, der nicht lang gewesen sei, verblutet. Wie das sein konnte und warum er damit nicht zurück zur Gesellschaft gelaufen sei, bleibe unklar. Laut Protokoll des Gerichtsmediziners wäre das aufgrund der geringen Verletzung durchaus möglich gewesen. Es seien keine Hinweise auf Kampfspuren zu erkennen gewesen, die dies hätten verhindern können. Seine Aufgabe sei es nun, herauszufinden, was geschehen sei, hatte sein Chef gemeint.

Aha.

Der Dorfpolizist saß ratlos über dem Befund.

Dieses ganze lateinische Zeug, das die Mediziner da immer verwendeten, verstand er nicht. Auch wenn sich der Platzer diesbezüglich wieder einmal wichtiggemacht hatte: Er konnte sich vorstellen, dass der nicht im Leisesten selbst schlau aus diesem Konvolut an Worten geworden war.

Sicher hatte der sich das am Telefon erklären lassen. Das vermutete er. Weil sein Chef bereits alles so genau wusste. Also noch bevor er, Grubinger, einen Blick auf das Lateinische hatte werfen können. Was auch egal war. Weil er sowieso nichts verstanden hätte, gab er ehrlich zu.

Ja, mit Ehrlichkeit hatte er nie ein Problem. Etwas zuzugeben, wenn er einmal nicht weiterwusste. Da war der Platzer schon anders. Der gab nie etwas zu. War immer der Schlauste. Zumindest glaubte er das. Konnte manchmal sein Unwissen gut vor den anderen verbergen. Pickte sich immer die Rosinen heraus. Die präsentierte er dann wiederum seinen direkten Vorgesetzten.

Aber manche ließen sich auch von ihm nicht an der Nase herumführen. Der Oberst Weichselbaumer war so einer. Der war der Chef des Landeskriminalamts Außenstelle Krems. Der hielt etwas von Sepp Grubingers Intuition. Denn oft lag er damit richtig.

Na gut. Auch wenn diese Winzer oft ihren Kren dazu beigesteuert hatte. Ja, und sie … na ja … Er wusste es nicht genau … Aber so wie die drauf war, konnte man das fast erahnen … und wie sie dem Weichselbaumer Honig um den Bart strich … dass die beiden einander nicht ganz abhold waren. Na ja, war nur so eine Vermutung von ihm. Genaueres wusste er nicht. War ihm auch egal. Solang er den Platzer damit ein bisserl auf Distanz halten konnte. Von seiner anmaßenden Art, die er sich ihm gegenüber herausnahm.

Im vorliegenden Fall war es allerdings wirklich sinnvoll gewesen, ihm die Zusammenfassung gleich am Telefon mitzuteilen.

Jetzt saß er trotzdem pflichtschuldig über dem Befund und sah auf den Computerbildschirm. Schlauer wurde er daraus dennoch nicht. Auch nicht, je länger er darauf starrte.

Die Kehle hatte man dem Reuther also durchgeschnitten, sinnierte er vor sich hin. Langsam ist er daran verblutet. Ausgeronnen. Einfach so.

Sepp Grubinger stützte seine Ellbogen auf den Schreibtisch und vergrub sein Gesicht unter den Händen.

Das musste lang gedauert haben. Diese Art zu verrecken. Bis so viel Blut hochgepumpt worden war, dass keines mehr nachkam. Er daran erstickt sein musste. Verröchelt war an seinem eigenen Blut.

Aber wer machte so etwas? Hier, in Großlichten? Wo doch nie etwas los war. Sich sonst nur die Füchse Gute Nacht sagten.

Ja, da waren auch noch nicht so gewaltige Unwetter gewesen. Wie vor Kurzem. Und all die Holzberge, die herumstanden und die manche nicht losließen. Sie ständig erinnerten. Dass auch ihre Gärten und Häuser in Mitleidenschaft gezogen worden waren. Von dieser Klimakatastrophe, wie man das jetzt nannte. Weswegen sie sich bereits vor der nächsten fürchteten.

Und Leute wie der Reuther hatten aus dem Leid anderer Gewinn schöpfen wollen. Ihre missliche Lage ausnützen. Warum die das machten? Vielleicht noch ihren Spaß dabei hatten. Anderen das Letzte zu nehmen.

Das verstand der Grubinger nicht.

Nicht, wenn die über Reichtümer verfügten, die sich sowieso kaum jemand vorstellen konnte. Die in deren Augen aber offenbar nicht genug waren. Die noch reicher werden wollten.

Da war es nicht weit her, dass einer wie der Johann Reuther die traurige Antwort von einem präsentiert bekam.

Nicht, dass Sepp Grubinger das gut und richtig gefunden hätte. Auf keinen Fall. Da hätten sich beizeiten einige zusammentun und dessen Habgier stoppen müssen. Auch wenn der Reuther die durch einst falsche Anlageberatung leer gewordene Gemeindekassa von Bürgermeister Peppi Brunner hin und wieder durch finanzielle Zuwendungen aufgefüllt hatte. Denn der schaltete sich seit Langem sowieso nur noch dann ein, wenn es notwendig war. Alles andere sollte privatwirtschaftlich gelöst werden.

Da musste sogar der Dorfpolizist hämisch über diese Absurdität in sich hineinlachen, wenn er daran dachte. Er selbst war im öffentlichen Dienst. Hatte die Coronazeit hindurch als Exekutivbeamter ganz normal weiterverdient, genauso wie die meisten Kolleginnen und Kollegen in der Gemeindeverwaltung. Sie alle litten keine finanzielle Not.

Aber es gab auch andere Berufsgruppen: die Privatangestellten. Im Handel. In der Pflege. Im sozialen Bereich. Die alle nicht sonderlich viel verdienten. Dennoch im öffentlichen Interesse arbeiteten, nicht aber im öffentlichen Dienst. Auch nicht jeder Handwerksbetrieb oder jedes andere Unternehmen war heute finanziell wirklich gut aufgestellt. Sie alle mussten jeden Euro zweimal umdrehen. Bezahlten aber von ihren Steuern auch das Gehalt des Bürgermeisters und der Gemeindebeamten.

Sie alle liebten ihre Gärten. Plötzlich war da der Eisregen gewesen und hatte viel verwüstet. Zu dem Schmerz über den Verlust war noch Reuther dazugekommen und hatte sich fürs Holz bezahlen lassen, das er endlich abholt hatte. Für manche war das nahezu unerschwinglich.

Das alles machte generell kein gutes Blut. Nirgends. Das hatte der Dorfpolizist auch im Wirtshaus bemerkt, nachdem ihm einige ihr Herz ausgeschüttet hatten.

Manche Redseligen hatten sich daraufhin einfach volllaufen lassen. Dabei hatten sie kurzfristig alles vergessen. Die Sorgen über das Geld. Denn die Versicherungen hatte ihnen nie den ganzen Schaden und die viele Arbeit abgedeckt.

Wenn er jetzt alle befragen oder verdächtigen würde, die sich über Johann Reuthers Praktiken bei ihm beschwert hatten, würde er, Grubinger, wohl ewig zur Lösung des Falls brauchen, seufzte er.

Seine Ratlosigkeit führte ihn im Moment nicht weiter. Da kam ihm die Gesellschaft von Florian Wagner gerade recht, der zur Tür hereinkam.

»Hallo, Sepp!«, grüßte dieser fidel.

Der Dorfpolizist sah vom Computer hoch und hob amikal die Hand zum Gruß.

»Stör ich dich gerade bei etwas Wichtigem?«, fragte Florian vorsichtig.

»Na, passt schon«, war Sepp Grubinger froh, von seiner Situation abgelenkt zu werden.

»Wie geht's dir?«, fragte er den Gärtnermeister interessiert.

»Jo eh«, antwortete dieser im kurzen und prägnanten Waldviertlerisch.

»Du, Sepp, i wollt di fragen, ob du do a scho was mitbekommen hast.«

Der Dorfpolizist hob ahnungslos die Achseln und wartete, was kommen würde. »Was soll i denn wissen?«

»Na, es is eigentlich eh nix.«

Sepp Grubinger sah den Großlichtener erwartungsvoll an. Eigentlich war das eine seltsame Antwort, wenn einer extra die Polizeistation aufsuchte.

»Bist du hergekommen, um zu tratschen, oder gibt's wirklich was?«

Sepp Grubinger richtete sich auf und streckte seinen Rücken durch. Vom Sitzen hatte er bereits leicht zu schmerzen begonnen.

Florian Wagner kam näher und verdeutlichte mit fahrigen Gesten, dass ihm seine Frage bereits im Vorfeld abträglich vorkam.

»Sag, bevor ich noch länger von einem Garten zum anderen fahren muss, i wollt dich fragen, ob du schon etwas über die Verwüstungen weißt.«

Sepp Grubinger hatte etwas Bedeutendes erwartet, aber so eine Frage schien ihm nun völlig aus der Art zu schlagen. Beschäftigte er sich doch eben mit den ersten Hinweisen zum Mord. Mit leisen Ahnungen, die ihn leiten sollten. Und dann befragte ihn Florian nach Gartenepisoden. Er schaute ihn deshalb entgeistert an.

»Na was, Sepp?«, entgegnete Florian dessen fragenden Blick. »Sag bloß, du weißt noch nichts davon?«

Der Polizist blieb stoisch und stützte sich auf seinem Schreibtisch ab. »Florian, was willst du? I hab im Moment wirklich wenig Zeit. Was gibt es da für zerstörte Gärten?«

»In letzter Zeit werden viele neu gesetzte Pflanzen kurz darauf verwüstet. Ich muss dann kommen, weil die Haushaltsversicherung das zahlt, und diesen gärtnerischen Kleinkram erledigen.«

Sepp Grubinger schüttelte den Kopf: »Aber dann verdienst du wenigstens daran.«

Florian Wagner hatte solch eine Antwort offenbar nicht erwartet, weshalb er ungehalten reagierte: »Das nervt mich nicht nur, sondern hält sowohl mich als auch meine Leute von der eigentlichen Arbeit ab. Wir müssen hinfahren, auspacken und dann alles wieder zusammenklauben. Den Aufwand, den wir dadurch haben, decken die Versicherungen nie. Und weil die Leute die Versicherung abgeschlossen haben, rühren sie bei Fremdverschulden selbst keinen Finger. Was sind das für Zeiten? Mir entgehen dadurch andere, lukrativere Aufträge. Verstehst?«

Wie aufs Stichwort trat Sybille Karner ein. Sie strahlte solche Dominanz aus, dass die beiden Männer ihr Gespräch sofort unterbrachen und sich ausschließlich ihr widmeten.

»Gut, dass ich Sie beide hier antreffe. Es geht um meinen Garten …«

Grubinger sah kurz zu Florian, dann wieder zu Sybille Karner. Sie erzählte ausführlich und mit großer Dramatik. Bestätigte all das, was der Gärtner zuvor schon gesagt hatte. »Eben, und deshalb muss man dem doch nachgehen«, setzte sie den Schlusspunkt ihrer Ausführung.

Florian Wagner berichtete auch von anderen Gärten, die ähnlich verwüstet waren, was Sybille Karner verblüffte. Für sie lag der Fall allerdings eindeutig: »Bei mir weiß ich wenigstens, wer dahintersteckt: der Kater meiner Nachbarin. Katzen graben immer in frischer Erde. Und wenn sie merken, dass ihre Halterin sich jemandem gegenüber ablehnend verhält, dann übernehmen sie, wie ich es erlebe, den Rest.«

»Na ja, dieser *Rest* könnte letztlich für die Überführung gut sein«, spann der Dorfpolizist den Gedanken weiter, »also ich mein, mit dem, was er in der kleinen Grube hinterlässt. Da gibt's dann DNA-Spuren des Katers.« Der Polizist blickte wieder auf den Bildschirm seines Computers und rieb nachdenklich sein Kinn.

Florian Wagner verdrehte bei dem Gedanken daran die Augen: »Da hättest du aber viel zu tun, wenn du Hunderte von Katzen in unserem Dorf alle auf ihre DNA hin untersuchen müsstest.«

Sepp Grubinger reagierte nicht auf dessen Kommentar. Eigentlich wollte er nur die Absurdität eines solchen Gedankens aufzeigen. Doch für Sybille Karner klang die Schlussfolgerung plausibel. Auch wenn Florian das bezweifelte und sie vertröstete: »Wissen Sie, ich komme sowieso zu Ihnen. Da schauen wir uns das dann gemeinsam an. Aber i hab jetzt so viel zu tun, dass Sie darauf a bisserl warten müssen.«

Sybille Karner zeigte sich keineswegs erfreut. Sie versuchte, mit Florian Wagner zu verhandeln.

Sepp Grubinger sah inzwischen wieder auf den für ihn unverständlichen medizinischen Bericht. Für sich fasste er nochmals zusammen, dass man einen Toten mit durchgeschnittener Kehle gefunden hatte, wie ihm der Platzer erzählte. Ohne Kampfspuren.

Mysteriös. Im Wald gab es doch immer sogar von Tieren aufgewühlte Erde. Mit DNA. Unter herabgefallenen Blättern. Die Hinweise verbergen konnten. Was war mit der Spurensicherung los gewesen, dass sie darüber nichts vermerkt hatte?

14. KAPITEL

Gott, war das eben ein heftiges Gewitter gewesen!

Das Regenwasser floss in Strömen die Windschutzscheibe hinab. Walli Winzer hatte Mühe, zwischen den einzelnen Bewegungen der Scheibenwischer hindurchsehen zu können. Da die Wischblätter nicht mehr ganz neu waren, musste sie darauf achten, sich zusätzlich an der Bodenmarkierung der Straße zu orientieren.

Sie versuchte, ihre Augen nicht zuzukneifen. Denn wie würde das aussehen, wenn sie mit mehr Falten als unbedingt notwendig beim Polizeioberst und Leiter des Landeskriminalamts Außenstelle Krems, Dr. Weichselbaumer, im Restaurant ankäme? Nicht, dass sich ihre Ausgaben für Feuchtigkeitscreme nicht lohnen würden. Ganz im Gegenteil. Doch Wunder konnten solche nicht vollbringen. Auch die Haut einer Walli Winzer alterte.

Es waren ebenso die Lebensumstände, die sich in der Beschaffenheit der Haut widerspiegelten. Das zumindest hatte ihr die Kosmetikerin bei einem ihrer letzten Termine erklärt. Die war übrigens recht zufrieden mit ihr gewesen. Denn ihr Lebenstempo und die durchgefeierten Nächte hielt Walli in den letzten Jahren überschaubar.

Sie ließ nun andere Mitarbeiterinnen und Mitarbeiter in ihrer PR-Firma ran. Es sollte ja allen Spaß machen. In unbeschwertem Rahmen konnte man gut Kontakte knüpfen. Oft sogar über das rein Dienstliche hinaus, lächelte sie verhalten und dabei gut gelaunt in sich hinein.

Ludwig Weichselbaumer hatte sie vor ein paar Jahren auf solch einer Feier im Waldviertel kennengelernt. Sie konnte sich noch gut daran erinnern: bei einem Fest auf einem Weingut im Kamptal. Dort war dann allerdings ein Mord geschehen. Da die Ermittlungen unauffällig, ohne großen Polizeieinsatz verlaufen sollten, hatte er sie ersucht, den örtlichen Polizisten bei seiner Tätigkeit zu unterstützen. Walli hatte zum Erstaunen des Polizeioberst damals schon ihren dazu bevorzugten Kandidaten genannt: Sepp Grubinger.

Da Weichselbaumer Grubingers Fähigkeiten beim ersten Treffen absolut verborgen geblieben waren, dieser den Fall aber mittels Wallis Unterstützung lösen konnte und ihn damit überrascht hatte, hatte er ihn in das direkt ihm unterstellte Sonderkommando übernommen.

Von da an hatte es immer wieder mit Adi Platzer abgesprochene Zuteilungen des Dorfpolizisten gegeben. Heute hatte Walli Winzer Weichselbaumer am Telefon vom Tod Reuthers erzählt. Er wollte gleich Näheres wissen, weshalb sie sich für den Abend außerhalb von Großlichten im Restaurant Bründlmayer in Langenlois verabredet hatten.

Dort gab es inmitten des historischen Renaissancegebäudes einen schönen, lauschigen Hof. Alles stilvoll gehalten und doch modern. Walli mochte das. So wie sie es auch mit ihrem eigenen renovierten Schulhaus aus dem achtzehnten Jahrhundert gemacht hatte.

Die kühle Abendluft des Kamptals würde den heißen Sommertag hier besonders entspannt ausklingen lassen. Aber mit dem Oberst nicht so, wie sie das sonst mit einem attraktiven Mann gerne machte. Nein. Mit Weichselbaumer war das etwas anderes.

Es war faszinierend, welche strategischen Überlegungen er anstellte. Aber als Mann war er keineswegs ihr Fall. Er war Polizist, Beamter. Damit für sie einfach zu durchschaubar. Ohne Fantasie.

Dabei besaß Ludwig Weichselbaumer Handschlagqualität. Hielt sein Wort, wenn man mit ihm etwas ausmachte. Das schätzte sie an ihm. Auch seine Flexibilität, die er heute wieder unter Beweis stellte. Indem er sich gleich treffen wollte. Sie dabei in ein über die Region hinaus bekanntes Restaurant ausführte. Das ging ihr im Waldviertel im Vergleich zu Wien doch ein bisschen ab.

Dabei musste auf der Speisekarte ja nicht gleich alles so teuer wie hier sein. Sie war glücklich mit einem geschmackvollen Ambiente und gesunder, frisch zubereiteter Küche.

Bei diesem ungastlichen Wetter fuhr Walli Winzer beim Einparken eher nach Geräusch. Denn im Rückspiegel sah sie vom nebenan parkenden Auto rein gar nichts. Und die Einparkhilfe piepste sowieso immer und überall, hatte sie den Eindruck. Wie sollte sie da wissen, wann sie wirklich zu nahe dran war? Außer – *rums.*

Ja, jetzt war's so weit.

Wie dem auch sei. Plastikstoßstangen hörten sich immer besonders laut an, tuschierte man mal eine. Ramponiert war meist nichts. Die waren dazu da. Abzuhalten. Nummerntafeln hatten sich wieder einmal begrüßt.

Walli griff nach ihrem Regenschirm, spannte ihn auf und versuchte, beim Aussteigen nicht in eine Pfütze zu treten. Wind ging an diesem Abend glücklicherweise keiner. Daher richtete sie sich auf, rammte, ohne aufzuschauen, mit dem Rand des Schirms einen großen, stattlichen Mann.

Er hatte diese Situation nicht erwartet, konnte aber geschickt ausweichen. Um besser Halt zu suchen, trat auch Walli Winzer zur Seite und mit ihren Halbschuhen prompt in eine der Lacken.

»Shit!«, fluchte sie vor sich hin.

»Oh! Das wollte ich nicht«, hörte sie eine vertraute Stimme sagen. Mit dem Rücken zum Gegenlicht hatte sie Ludwig Weichselbaumer zuvor nicht erkannt. Auch jetzt war sein Gesicht für sie nur schemenhaft auszumachen. Seine Stimme klang ernst und vorwurfsvoll. In der Dunkelheit glaubte sie, seinen mahnenden Blick wahrgenommen zu haben. Den kannte sie bisher bei ihm nicht.

Bedächtig schlug er vor: »Frau Winzer. Ich glaube, Sie sollten nachsehen, ob sie die Stoßstange des Nachbarwagens beschädigt haben.«

Oh ja. Das war auf jeden Fall das, was sie hören wollte. Als wüsste sie das nicht selbst und hätte nicht sowieso vorgehabt, nach dem Rechten zu sehen. Dazu brauchte sie keinen Oberst, der sie daran erinnerte.

Walli reagierte daher nicht auf seine Aufforderung. Stattdessen öffnete sie in einem Balanceakt die Hecktür ihres Wagens und zog ein Plastiksackerl heraus. Sie ließ es ungeöffnet. Diesmal hatte sie schon beizeiten daran gedacht, ein Reserveschuhpaar für alle Fälle mitzuführen. Für Frauen war das tatsächlich genauso wichtig wie ein Reserverad. Beim Autokauf war nämlich auch daran zu denken. Denn es wurde standardmäßig nicht mehr mitgeliefert und von Pannendiensten später nicht mitgeführt, wie sie unlängst erleben musste. Ihren diesbezüglichen Vorausblick teilte sie Oberst Weichselbaumer mit, der andächtig hinter ihr stand und zustimmend nickte. Dann neigte sie sich zu den Nummerntafeln, fand aber keinerlei Anzeichen einer Beschädigung.

Für die genaue Begutachtung leuchtete Ludwig Weichselbaumer mit seiner Handy-Taschenlampe die Flächen ab. Auch er war nun beruhigt, dass der Aufprall bloß akustisch und ohne Folgen geblieben war.

Walli lachte über seine Penibilität. Männer. Vor allem Polizisten, dachte sie. Sonst hätte er den Beruf nicht ergriffen, wurde ihr wieder bewusst. Sie stellte sich amüsiert an seine Seite.

Auch Weichselbaumers Stimmung hob sich merkbar, da die PR-Lady ihn so fröhlich ansah. Er nahm ihr die Tasche mit den Reserveschuhen aus der Hand. Im Eingangsbereich des Restaurants vor ihrem Weg auf die Damentoilette gab er sie ihr zurück. Dafür erhielt er den nassen Schirm. Er suchte nach einem Behälter und steckte ihre beiden Schirme wenig später in jenen neben der Eingangstür. Der war bereits völlig überfüllt, weshalb der Oberst einige Zeit brauchte, um ein Plätzchen zu finden.

Walli hatte sich inzwischen frisch gemacht und das neue Schuhpaar angezogen. Auch ihr Haar lag wieder in Passform, was sie schnell mit einer kleinen Geste überprüfte.

Ein junger Kellner führte sie zum reservierten Tisch, der gemütlich seitlich im Kellergewölbe lag. Das Kaminfeuer hatte man abends entfacht, was sich im Umfeld der alten Mauern besonders stimmungsvoll machte.

Die Wahl der Menüfolge war rasch getroffen. Walli hatte sich zwar vor Kurzem entschlossen, sich kulinarisch zu zügeln. Aber bei diesen Verlockungen verschob sie ihr Vorhaben lieber auf morgen. Sie entschied sich als Vorspeise für getrüffelten Ziegenkäse auf Antipasti di verdura und später für eine confierte Bio-Gebirgsforelle, während Oberst Weichselbaumer als Vorspeise Kamptaler Wurzelspeck und später geschmorten Ochsenschlepp auf Bronzefenchel mit Erdäpfel-Gnocchi bestellte. Begleitet wurden die Vorspeisen von der hauseigenen Sektkellerei mit je einem Glas Blanc de

Blanc Extra Brut Reserve. Für Walli Winzer rundete den Hauptgang dann ein Riesling Heiligenstein, Alte Rebe 2015 ab. Ludwig Weichselbaumer wählte einen Bio-Grünen Veltliner Spiegel, Vincent 2018.

Obwohl das Restaurant belebt war, blieb die Intimität um die Tischbereiche gewahrt, weshalb man nicht ungewollt an Gesprächen anderer teilhaben musste. Da Wallis Stimme mitunter recht deutlich sein konnte, war ihr das nur recht. Denn sie hatten einander ja getroffen, um über den neuen Fall zu sprechen. Und das musste ja nicht immer in einem der stickigen Büroräume sein.

Zur Einleitung des Gesprächs erzählte Walli dem Oberst von ihrer neuen Leidenschaft: dem Malen. Und dass sie deshalb die Holzberge an den Waldrändern irritierten. Nicht allein deshalb habe sie daher abstrakte Kunst als Protestform für diese zurzeit unhaltbaren Missstände gewählt.

Dr. Ludwig Weichselbaumer nahm einen Schluck Sekt. Auch er war ratlos wegen dieser verfahrenen Situation und zeigte sich ertappt, weil er nicht zu Wallis Vernissage gekommen war.

»Ich muss mich nochmals entschuldigen, dass ich Ihrer letzten Einladung nicht folgen konnte. Die hohe Politik. Wenn Sie verstehen, was ich meine. In meiner Position muss man sich ein wenig nach deren Anweisung richten. Auch wenn man anderes lieber tun würde.«

Walli fühlte sich durch Letzteres geschmeichelt und erwiderte seinen kleinen Flirt. Der Polizeichef war durch ihre Offensive überrascht und verschluckte sich fast an seinem Dip.

»Sie können den Galeriebesuch bei mir ja nachholen und an einem der nächsten Samstage vorbeischauen, wo wir für alle Interessierten geöffnet haben. Einem guten Gläschen Wein sollte zusätzlich nichts entgegenstehen. Ich lade Sie zum Essen ein und zeige ihnen die Schau«, grinste sie ihn an.

Er führte die weiße Stoffserviette zum Mund und zeigte sich interessiert.

Walli sprach weiter: »Ich war übrigens an dem besagten Abend so beschäftigt, dass ich nicht viel von allem mitbekommen habe. Aber Lena Breitenecker, eine Freundin von mir, hat zufälligerweise gesehen, wie Johann Reuther die Vernissage verlassen hat. Immer wieder sind Gäste aus und ein gegangen.«

»Ich habe es gelesen. In den Protokollen von Inspektor Grubinger.«

»Reuther hatte auch eine Diskussion mit einem seiner Mitarbeiter. Mir kam vor, dass dieser von der Belegschaft recht allein gelassen wurde. Dann noch die Waldbesitzerin Romy Steiner …« Walli Winzer lenkte schnell zu weiteren Verdächtigen und brachte Romy nicht weiter ins Spiel. Denn für die Freundin legte sie ihre Hand ins Feuer. Die konnte niemandem etwas antun, war sie sich sicher: »Und dann waren da noch die beiden Jäger, deren Rotwildbestand Reuther reduzieren wollte. Die waren darüber absolut nicht glücklich.«

»Das wird, vermute ich, aber die Zukunft sein. Denn wir müssen schauen, dass wir selbst wieder gute Baumqualität im Waldviertel hervorbringen. Denn zu viele Tiere fressen nicht nur den jungen Baumbestand, sondern manchmal sogar die Baumrinde. Hat die einmal etwas, dann war's das mit dem Baum.«

»Sie kennen sich ja wirklich gut aus«, lächelte Walli den Polizeioberst an und prostete ihm zu, was dieser gerne erwiderte.

»Wissen Sie noch, wer die zwei waren?«, fragte er weiter.

»Da müsste man Lena fragen. Sie und Mizzi Troger kennen praktisch alle.«

»Ja, bitte tun Sie das. Wie ich Sie überhaupt ersuchen wollte, ob Sie Sepp Grubinger nicht wieder unterstützen könnten. Also, ich meine ohne große Aufregung. Ich könnte dafür Ihre Datei der Parkdelikte ein wenig im Auge behalten.«

Walli Winzer war überrascht. So lief bei ihm der Hase. Transparente Bürgerin und so. Auch Banken hatten schon seit Langem Einblick in die Zahlungsmoral der Österreicher, hatte sie unlängst gelesen. Vergaben Kredite nur an brave Bürger, die das System unterstützten. Ihre Strafmandate pünktlich zahlten. Walli lehnte ab.

»Glauben Sie, dass Sie mich einfach kaufen können?«, fragte sie ihn brüsk und direkt.

Weichselbaumer hatte diese Reaktion von ihr nicht erwartet. Viele, die er kannte, reagierten bei so einem

Angebot besonders motiviert. Ließen sich von ihm und seiner angenehmen Stimme einlullen.

Doch diese Winzer war wirklich anders. Unbestechlich. Und attraktiv dazu. Das faszinierte ihn.

Ihren Widerstand fand er zusätzlich reizvoll, weshalb er sofort seine professionell erlernte NLP-Gesprächstechnik einsetzte und sie umgarnte.

»Frau Winzer, ich habe das nicht so gemeint. Ich komme Ihnen nur so weit entgegen, wie Sie wollen. Das ist doch klar. Wir sind ja keine …« Er hörte zu sprechen auf und räusperte sich. Dann setzte kurz darauf fort: »Also, wir sind ja keine Bananenrepublik.«

Walli Winzer legte ihr Besteck aus der Hand. Sie sah ihn lang und eindringlich an. Sie glaubte, dass er von dem, was er ihr da unverblümt angeboten hatte, tatsächlich überzeugt war. Ohne Unrechtsbewusstsein. Ohne den leisesten Schimmer von Zweifel.

Mit dem Glas in der Hand sah der Leiter des Bundeskriminalamts sie blauäugig an.

Durch die Aufhebung ihrer Parkdelikte hatte er vorgehabt, sie weichzuklopfen. Sie schloss daraus, dass das bei fast allen funktionierte.

Das allerdings war nicht Walli Winzers Motiv, sich in eine Fallermittlung einzuschalten. Ihr ging es allein um Gerechtigkeit. Um Gedankenspiele. Etwas, was Ludwig Weichselbaumer offenbar im Laufe der Jahre verloren gegangen zu sein schien. Zugunsten der Sache. In seinem Pflichtbewusstsein den Mächtigen gegenüber. Zu denen auch Johann Reuther gehört hatte. Von deren Geldflüssen auch die öffentliche Hand abhängig war. Von deren Wirtschaftsmacht. Auch als Arbeitgeber einer Region. Und im Idealfall versteuerten sie sogar in Österreich.

»Übrigens: Ich zahle mein Abendessen selbst. Aber Sie können später gerne in meiner Galerie vorbeischauen. Mein Angebot steht.«

Der Oberst sah sie versonnen an. Was für ein Weib, fiel ihm zu ihr nur ein.

Sie wollte er erobern. Das nahm er sich vor.

15. KAPITEL

»Es war ein lustiger Abend. Gestern.«

Die burschikose junge Frau kam im Pyjama die Stufen zur Küche herunter. Romy Steiner stand mit Blumen in der Hand am Gang. Sie hatte sie im kleinen Vorgarten des Schlosses gebrockt. Kunstvoll stellte sie mit nur wenigen Handgriffen einen Strauß zusammen, den sie prüfend betrachtete. Ihren Gast beachtete sie währenddessen beiläufig, was diesem wenig auszumachen schien.

Romy suchte nach einer geeigneten Vase und stellte diese samt Blumen auf den Tisch. Sie machten sich auf dem gedeckten Frühstückstisch ausnehmend gut, wie sie fand.

Was sie von der Anwesenheit Ina Ringers mittlerweile nicht behaupten konnte.

»Sag, wolltest du nicht schon gestern abreisen?«, fragte sie deshalb unumwunden. Sie zog dabei die Butterdose aus dem Kühlschrank. Kurz darauf fiel ihr ein, dass sie die Milchflasche für das Müsli vergessen hatte. Daher öffnete sie nochmals und holte auch diese heraus. Sie leerte ein wenig in eine Kasserolle und drehte den Herd an. Dann widmete sie sich wieder Ina. Diese hatte sich inzwischen an die offene Terrassentür gestellt und sah ins Freie.

»Wirklich schön hast du es hier.«

Sie kam einige Schritte zurück in die Wohnküche und lehnte sich an eine helle, abgebeizte Bauernkommode. Dabei verschränkte sie ihre Arme.

»Komplett anders als damals in unserer Wohngemeinschaft. Da hatten wir nicht einmal Geld für ein Bett. Lagen bloß auf Matratzen.«

Romy Steiner hantierte auf der Arbeitsplatte der Küchenzeile, nahm die Kaffeemaschine in Betrieb und setzte den Wasserkocher für Tee auf. Zwischendurch nahm sie die Milchkasserolle von der Herdplatte.

»Da ist das hier bei dir schon etwas anderes. Wer hätte sich das damals gedacht?«, stellte Ina Ringer fest.

»Stimmt. Das ist aber eine ganz schöne Aufgabe. Von der gesamten Instandhaltung her und finanziell. Ich war am Anfang damit völlig überfordert. Vollkommen auf meine Mitarbeiterinnen und Mitarbeiter angewiesen. Natürlich habe ich in Abendkursen eine Betriebsführungsprüfung abgelegt. Stellte zusätzlich einen Verwalter ein. Mein ehemaliger Chef in der Gartengestaltung, Florian Wagner, stand mir auch zur Seite. Mit aller Expertise und meinem Learning by Doing liegen wir jetzt besser als zuvor.«

Ina hörte aufmerksam zu und unterbrach die Ausführung nicht. Romy schnitt inzwischen einige Scheiben vom Roggenbrot ab und legte sie in ein Körbchen. Dann fuhr sie fort: »Die Umsätze haben sich erhöht

Das ermöglicht eine Ausweitung unseres Marktanteils und die Investition in neueste Technologien. Wir gelten als einer der Vorzeigebetriebe in ökologisch nachhaltiger Produktion. Wobei ich den Begriff ›Produktion‹ bei Tieren, denn wir züchten ja auch Karpfen, nicht verwenden möchte. Solches Wording ist meiner Meinung nach auch vielerorts die Ursache für den respektlosen Umgang mit Tieren, die wie in einer Fabrik gehalten werden. Zu ihnen baut niemand eine Beziehung auf. Denn dann würde man sie besser behandeln und halten. Rinder nicht in Lastwägen durch halb Europa oder die Welt bis in ferne Länder karren und Schweine auf Spaltböden krepieren lassen. Das ist alles gesetzlich erlaubt.«

»Deiner Grundhaltung bist du immerhin treu geblieben«, wagte Ina nach der gewaltigen Worttirade einen zaghaften Vorstoß.

Romy Steiner reagierte nicht darauf. Vielmehr streckte sie sich nach zwei Marmeladengläsern im Oberschrank und griff nach dem Honig sowie Früchten aus dem Obstkorb. All das stellte sie auf ein Tablett. »Oft entdeckt man erst in Ausnahmesituationen, was in einem steckt, und wächst über sich hinaus.«

»… oder man geht unter.«

Jetzt drehte sich Romy mit einer raschen Bewegung um. »Ja, Ina. Das wäre mir beinahe passiert, wenn ich Julia nicht an meiner Seite gehabt hätte.«

Ina Ringer setzte sich nun bequem an den Tisch. »Julia«, lächelte sie vor sich hin. Sie vermied es, Blickkontakt mit Romy aufzunehmen. Dann stützte sie ihr

Kinn ab und rieb es bedächtig. »Deine Freundin ist schon eine besondere Frau. Das muss ich sagen. Könnte sogar mir gefallen.«

So etwas Ähnliches hatte Romy bereits seit Tagen befürchtet. Dass Ina es allerdings auch aussprechen würde, das hatte sie nicht glauben wollen. Sie fühlte, wie Hitze sich vom Magen hoch bis zum Kopf ausbreitete. Ihre Wangen glühten vor Zorn. Ihre Zeit in der WG und Inas krankhafte Anstrengung, regelmäßig in intakte Beziehungen einzubrechen, traten ihr wieder vor Augen.

»Du hast dich überhaupt nicht verändert. In all den Jahren. Hast immer noch diese unbändige Lust an der Zerstörung. Wie wäre es, wenn du an dir arbeiten würdest?«

»Woran? An Lebensfreude? Da würde doch jede Psychologin davon abraten.«

Dass Ina auch einmal ihre Lebenspartnerin gewesen war, konnte Romy sich heute überhaupt nicht mehr vorstellen. Damals war sie noch jung und unerfahren gewesen. Hatte Ina geglaubt, dass sie von ihrer Familie nie wahrgenommen worden war. Auch sehr unter der Ablehnung der Gesellschaft litt. Wie sie alle. Unter subtilen Bösartigkeiten. Die keiner aussprach. Aber jeder fühlte. Viele machten dabei mit. Immer noch. Sogar im propagierten schwulen- und lesbenfreundlichen Wien. Was bloß in geschützten Kreisen so war.

Hier auf dem Land, wo man einander kannte, war das nicht anders. Nur mit dem Unterschied: Die Leute zeigten es einem direkter. Oder auch nicht. Solche arbeiteten dann bei ihr, Romy. Halfen, den Betrieb erfolgreich aufzustellen. Und standen zu ihr und ihrer Familie.

»Julia ist nicht meine Freundin, sondern auch meine Ehefrau. Wir haben Kinder miteinander, falls du das noch nicht mitbekommen haben solltest.«

»Ja, ja, ja. Sieh das doch nicht so eng. Ein bisschen Abwechslung zwischendurch hat einer Beziehung noch nie geschadet …« Weitersprechen wollte Ina nicht, da Julia mit den Kindern in die Stube stürmte.

»Nein. Abwechslung hat noch nie geschadet. Nur bei jemandem, der unerwünscht ist«, lächelte Romy Ina nach deren letzten Worten vielsagend zu. Sie wandte sich ruckartig von ihr ab, weshalb Julia sich der schnellen Bewegung wegen verdutzt neben Ina stellte.

Die Kinder umarmten Romy und wollten bereits Vorbereitetes von der Platte stibitzen. Romy herrschte sie deshalb an: »Lasst das liegen. Es gibt gleich Frühstück. Da, kümmert euch um den Brotkorb und die Butter.« Sie selbst griff nach der Vorlegeplatte und legte sie in der Mitte des Tisches ab.

Julia sah Romy wegen deren schlechter Stimmung verwundert an. »Geht's auch etwas freundlicher?«

Den Kindern war das sichtlich egal, denn sie liefen der Obstplatte nach und griffen nach den Apfelspalten, als hätten sie nichts gehört.

Um nicht erwischt zu werden, eilten sie mit ihrer Beute hinaus auf die Terrasse.

Romy Steiner brühte noch den fehlenden Früchtetee auf, nahm die Kaffeekanne und brachte alles zum Tisch.

Julia widmete sich inzwischen ganz dem Gast und ließ ihren Charme als Hausherrin sprühen, was Ina ihrerseits deutlich erwiderte.

Romy fühlte sich wie ausgebootet. Wollte eingreifen. Doch etwas hinderte sie daran. Sie wollte sprechen. Ihre Stimme blieb weg. Sie fühlte sich wie gelähmt. Konnte keine Reaktion zeigen. Den beiden. Die da vor ihren Augen miteinander flirteten.

An den Kindern hatte sie ihren Ärger bereits ausgelassen. Sie angefaucht. Was sie nicht gewollt hatte. Irgendwie lief seit Kurzem alles schief.

Die Kinder riefen nach Romy. Sie solle schnell kommen. Zu ihnen hinaus. Da sei etwas. Das müsse sie sehen. Unbedingt.

Die neue Situation riss sie aus ihren Gedanken. Aus der Enge der Gefühle. Über die sie erschrak. War jetzt wieder da. Ging hinaus. Ohne die anderen im Raum zu beachten. Ignorierte sie. Einfach. Versuchte das ebenso mit ihrer Betroffenheit. Was nicht ging.

»Da, schau!«, rief der kleine Philipp und blieb wie angewurzelt stehen. Er richtete eine Geste an sie, die ihr zeigte, langsam zu kommen. Auch Theresa bewegte sich nicht.

Was Romy Steiner nun sah, ließ sie kurz ihre Betrübnis vergessen: Da standen zwei Rehkitze mit weißen Flecken am Rücken. Dicht beisammen. Sie hatten sich offenbar aus dem Wald auf die Lichtung der Schlosswiese verirrt. Oder waren einfach neugierig gewesen und hatten das Abenteuer gesucht. Schienen jetzt unschlüssig, wohin es für sie weitergehen sollte.

Nachdem sie die kleine Menschenansammlung auf der Terrasse bemerkt hatten, nahm ihnen der Instinkt die Entscheidung ab, und sie liefen in den Wald zurück.

Philipp und Theresa freuten sich, zwei Bambis so früh am Morgen gesehen zu haben. Sie klatschten in die Hände und drehten sich vor Vergnügen tanzend im Kreis.

Meine beiden Kitzlein, dachte Romy, als sie den Kindern zusah. Deren Anblick stimmte sie wieder mild. Die kleine Vita oben im Schlafzimmer, die die Familie seit einem Jahr vervollständigte, war die Nacht über sehr aufgeweckt gewesen, weshalb sie zur Freude ihrer Eltern endlich tief und fest schlief.

Als Romy zurück zum Frühstückstisch kam, sah sie, wie Ina sich ungeniert an Julia heranmachte. Also doch. Sie hatte Romy ja bereits eine Partnerin ausgespannt. Sie hatte beiden damals vertraut. Sich nichts dabei gedacht, sie miteinander ausgehen zu lassen. Doch die Gelegenheit brachte auch Versuchung. Das hatte sie damals schmerzlich erleben müssen. Obwohl es für beide nur eine Affäre gewesen war. Romys Liebe war danach erloschen. Das Vertrauen zerstört.

Das wollte sie nicht auch mit Julia erleben. Den Zusammenhalt ihrer kleinen Familie wegen Inas Zerstörungszwang in Gefahr bringen. Sie musste etwas tun, mahnte ihre innere Stimme. Um die Liebe kämpfen. Das hatte Romy bis jetzt nie gemacht. Für sie war sie entweder da oder eben nicht. Dann war es endlich an der Zeit, es einmal anders zu machen. Sich zu wehren. Ihre Kränkung zu besiegen und nicht zu versteinern.

Ina hatte sich inzwischen nah zu Julia gesetzt und bemühte sich durch Körperkontakt, Vertrauen herzustellen und zu vertiefen. Ob sie nun Julias Schulter während des Gesprächs berührte oder ihren Oberarm immer wieder dicht an ihren lehnte. Oder wie ein Teenager kichernd ihren Kopf an ihre Schulter lehnte.

Dabei zusehen zu müssen, war Romy schließlich zu viel.

Im Tonfall bemühte sie sich, ruhig zu bleiben. Ihre Stimme führte sie sachlich und überzeugend: »Ina, ich glaube, dass du heute abreisen möchtest. Sicher werden du und Birgit bereits in Wien erwartet.«

Ina zog sich von Julia zurück und lehnte sich an die Sessellehne. »Wir haben vor, noch einige Tage zu bleiben«, entgegnete sie.

»Romy, wir könnten einige Ausflüge miteinander machen«, bekräftigte Julia Inas Vorhaben.

Im Tonfall wurde Romy Steiner nun konsequenter: »Nein, es gibt mit dem Holzabtransport genug zu tun. Der macht sowieso schon großen Ärger. Ich habe daher keine Zeit mehr für dich.«

»Also jetzt sei doch nicht so unhöflich!«, wehrte Julia Winkelbauer-Steiner ab. »Es ist doch nett, wenn wir einmal Gäste haben.«

Romy Steiner hatte ihren Platz vor Ina eingenommen, als deren Freundin zur Tür hereinkam.

»Guten Morgen! Ah, sieht es hier einladend aus.«

»Eben!«, versuchte Ina Romy zu provozieren.

Am liebsten hätte sie diese jetzt am Kragen gepackt und sie in großem Bogen zur Tür hinausgeworfen. So eine Frechheit, ihre Gutmütigkeit einfach auszunutzen und sich wie ein Parasit breitzumachen, schnaubte sie innerlich.

Doch Birgit stand inzwischen nicht nur im Weg, sondern Julia kniff die Augen und sah ihre Ehefrau sichtlich verärgert an.

Romy war dabei, Luft zu holen, und wollte zu einem verbalen Rundumschlag ausholen, als sich die Gangtür erneut öffnete und überraschend Sepp Grubinger mit zwei uniformierten Kollegen eintrat.

»Ja, was gibt es denn? Wollen Sie auch einen Kaffee?«, fragte Julia Winkelbauer-Steiner nach einer Schrecksekunde.

»Guten Morgen. Es geht nicht um Sie, sondern um Frau Steiner.«

Romy hob erstaunt den Kopf. »Und warum?«

»Frau Steiner, ich muss Sie bitten, mitzukommen. Zeugen haben gesehen, wie Sie am Abend der Ermordung von Johann Reuther nicht nur Streit mit ihm hatten, sondern ihm später gefolgt sind. Wir haben auch Ihre DNA und einen bisher nicht identifizierten Knopf an seinem Hosenbundansatz gefunden. Die DNA ist im Computer noch vom alten Fall um Ihren Vater gespeichert. Ich muss Sie daher bitten.«

Sepp Grubinger wies zu aller Erstaunen mit einfacher Geste zur Tür.

16. KAPITEL

»Hallo, Walli, wie geht's?«

»Danke, man lebt.«

Hannes Lechner schaute Walli Winzer nach ihrer knappen Antwort fragend an. »Und was heißt das?«

»Ich warte.«

Sie blieb weiterhin an die Wirtshaustheke gelehnt, wandte sich von ihm ab und sah sich jetzt um. In der hinteren Ecke der Wirtsstube saß eine junge Frau allein an einem Tisch, während ein Mann ihres Alters etwas entfernt die Zeitung las. Einige ältere Männer diskutierten eifrig. Sie waren um einen durch einen zinnfarbigen Bogen mit der Aufschrift »Stammtisch« ausgewiesenen Bereich gruppiert. Einer von ihnen führte das große Wort und hatte bereits einen knallroten Kopf, dass man bei der nächsten Aufregung beinahe um seine Gesundheit fürchten musste.

Da Walli ihn länger beobachtete, brachte Hannes sich wieder ein: »Ach, das ist der Hubsi. Der is a Choleriker. Da brauchst du dir nix zu denken.« Dann fuhr er leiser fort: »I kenn sie alle. Manchmal will i gar net hören, was die sagen. Teilweise so an Blödsinn.« Danach nahm er eines der frisch abgewaschenen Gläser zur Hand und begann, es abzutrocknen. »Aber besser, sie sagen das hier als anderswo. Da könnt ihnen vielleicht noch wer glauben. So haben sie sich bei mir abreagiert, bevor sie nach Haus gehen.«

»Na ja, ganz glaub ich das nicht. Aber in gewisser Weise wirst du schon recht haben«, schaute Walli auf ihre Uhr, die sie kürzlich von einem Verehrer geschenkt bekommen hatte.

»Oh. Nicht schlecht«, grinste Hannes.

Walli verdrehte die Augen. »Du, ich warte auf den Marius. Der wollte eigentlich schon herunten sein, wenn ich ihn zur Trüffelsuche abhole.«

Hannes lachte: »Er ist halt eine Künstlernatur. Die haben es mit der Zeit nicht so genau. Ein akademisches Viertel wirst du schon zuwarten müssen. Gestern ist es bei ihm recht spät geworden.« Er schaute sich um, suchte sein Lehrmädchen und winkte es zu sich: »Geh, Rosa, schau auf Nummer vier und klopf dort an. Sag, dass der Besuch wartet.«

Die junge Frau machte sich unverzüglich auf den Weg.

»Er wird gleich da sein. Willst inzwischen was haben? Einen Kaffee oder was anderes?«

»Nur ein Glas Wasser. Das wäre fein.« Walli zog sich auf einen, wie sie merkte, viel zu hohen Barhocker und war Hannes dadurch näher.

»Du, sag einmal, hast du schon was Neues über den Tod vom Reuther g'hört?«

»Sicher reden die Leut drüber. Der hat ja vielen den letzten Nerv gekostet.«

»Ich verstehe nicht: Warum hat er es sich mit allen verscherzt, wenn er doch da wohnt?«

»Das war dem richtig egal.« Hannes lachte laut auf, weshalb sich auch die Gruppe Stammgäste nach ihm umdrehte. »Hab i euch leicht gschreckt!«, polterte Hannes Lechner in deren Richtung.

Man hatte Hannes' Erklärung bis hinüber gehört und einer antwortete: »Ah, uns kann so leicht nix umhaun. Drum hat auch der Reuther bei uns nix zu melden g'habt. Wennst es genau wissen willst: Dem weint keiner eine Träne nach.«

Ein anderer hob daher sein Glas: »Die Natur holt sich alles zurück, was nix bringt. Auch den«, lachte er. Und bevor jemand etwas entgegnen konnte, ergänzte er: »Also, in diesem Sinn: Ein Hoch darauf, dass ma unser Wild und den Abschuss in Zukunft wieder verdoppeln werden!« Fast alle der Gruppe bestätigten mit einem lauten »Hurra!« Voller Zuversicht prosteten sie einander zu.

Einige ließen aber ihren Bierkrug stehen und fanden das offenbar weniger gut.

»Na, was is mit euch?«, fragte der Toastspender, nachdem er seinen Bierkrug in nur einem Zug ausgetrunken und damit auch seine diesbezügliche Leistungsfähigkeit unter Beweis gestellt hatte.

Nun richtete sich ein entfernt von der Gruppe Sitzender auf und entgegnete: »Auch wenn uns allen des weniger Geld einbringt, weil ma weniger Wild verkaufen können. Mir is die Anzahl der Abschüsse von die Tiere net wichtig. I bin in erster Linie als Tier- und Waldpfleger da und net als Jäger, der nur zum Spaß schiaßt. Und des auf Zahl. Früher hat ma des so gmacht. Heute gehört si des nimma.«

Die launige Stimmung ließ merkbar nach.

»Heast, Waldpfleger sein ma eh alle«, rief der Toastspender in die Runde.

»Jo sicher!«, johlte die Gruppe.

»Die Jagerei is a lange Tradition. Net nur bei uns in Niederösterreich«, setzte der Rädelsführer fort. Er ballte seine Faust: »Da sein ma im Österreichvergleich sowieso unschlagbar!«

Laute Zustimmung und bestätigendes Klirren der Gläser folgte.

Abwägende Gegenstimmen blieben in der Minderzahl.

Hannes wandte sich wieder Walli Winzer zu, die bisher alles wortlos hingenommen hatte.

Sie sah ihn entgeistert an, versuchte dennoch, bereits an ihren lauschigen Trüffelspaziergang, diesmal mir dem richtigen Schuhwerk, zu denken. Schließlich konnte Walli nicht widerstehen, es doch mit dem Wichtigtuer und seinen Gefährten aufzunehmen. »Manche brauchen es halt für ihr Ego, sich mit wehrlosen Tieren anzulegen, und das aus sicherer Entfernung. Auf sie zu ballern. Mit Tier- oder Artenschutz hat das für mich nichts zu tun.«

Die Laune in der Gruppe ebbte ab. Walli erhielt von einigen messerscharfe Blicke. Andere taten so, als hätten sie nichts gehört.

Sie blieb entspannt und nippte am Wasserglas. »Der Abschuss gehört für mich einzig und allein Berufsjägern. Für die passt ein reduzierter Wildbestand. Der bliebe dann auch überschaubar.«

Ein inzwischen Angeheiterter hielt sofort seine Sicht der Dinge parat: »Woher wollen Sie das wissen? Sie kommen aus der Stadt …« Er hielt kurz inne. »… und da schiaßns manchmal a, was ma in der Zeitung so liest – aber auf Menschen. Des gibt's bei uns net. Also, red net so deppert daher.«

Höhnisches Gelächter schwoll an. Die Biergläser wurden in die Höhe gerissen und einigen gelang es, im Gewoge der Hände sogar miteinander anzustoßen.

Eins zu null für die Jägerschaft – ginge es nach deren Triumphgebaren.

Walli glaubte, nicht richtig gehört zu haben.

Auch Hannes war das zu viel. »Hast jetzt schon an kräftigen sitzen, Franz. Was? Dir geb i heute nix mehr. Nur noch a Wasser.« Dieser machte eine abwertende Bewegung gegen dessen Androhung.

»Manche bei euch machen's halt anders. So wie beim Reuther. Mit einem Messer. Und lassen ihn einfach ausrinnen.«

In der Gruppe wurde es ernst. Das hatte gesessen, ohne dass Walli Winzer Näheres darüber zu sagen brauchte.

Vermeintlicher Oberjäger Hubsi wurde mit einem Schlag nüchtern: »Des war was ganz anderes mit dem. Der war namentlich a Aas. Eigennützig. Nur auf Gewinn aus. Für uns wird alles immer weniger. Verändert sich. Für solch einen wird's aber immer mehr. Is des gerecht?«

Hannes sah jetzt seine Aufgabe als Mediator gekommen: »A traurige G'schicht, des Ganze. Ich hoff, die Polizei findet bald den Täter. Damit endlich wieder a Ruhe bei uns is.«

Walli Winzer ignorierte Hannes' Bemühen, einen Schlussstrich unter die Debatte zu ziehen, und stieß nochmals nach: »Sie haben ihm am Tag seines Todes, bei der Vernissage, mit ihrem Kollegen ganz schön zugesetzt. Sind Sie ihm dann auch in den Wald gefolgt?«

Eine Woge der Entrüstung schwoll an und Hannes musste eigens an den Tisch kommen, um die aufgebrachte Jägerschaft zu besänftigen.

Walli hatte sich abgewandt und wusste, dass ihre Unterstellung unangebracht, weil unbewiesen war. Wie die lärmenden Jäger so hatte auch sie sich ins Out manövriert. Die junge Frau, der Zeitungslesende und eine andere Männergruppe im Raum schenkten ihr keine Aufmerksamkeit mehr. Sie alle widmeten sich wieder anderem.

Hannes hatte intensiv damit zu tun, die Aufgebrachten zu besänftigen. Einen kurzen Blick richtete er dabei gegen Walli, was ihr verdeutlichte, sich ab jetzt wieder zurückzuhalten. Sie signalisierte, es verstanden zu haben, indem sie in der Handtasche nach ihrem Handy suchte. Sie wollte nun endlich wissen, was mit Marius Riesz los war.

Gerade als sie die Nummer am Mobiltelefon wählte, kam Florian Wagner in die Stube. Er freute sich, sie zu sehen.

»Hallo, Walli!«

Sie nahm ihren Ex-Lover nur gedankenverloren wahr.

Er fasste das als Rüge auf, noch nicht bei der Karner und ihrem Garten gewesen zu sein: »Morgen werden wir bei der Sybille sein. Ich schau mir das selbst an, denn sie will, dass wir auch gleich etwas anderes miterledigen.«

Walli wusste im Moment nicht, was er meinte, da diese Sache nun wirklich auf ihrer Prioritätenliste an unterster Stelle stand. Daher betrachtete sie ihn, als käme er von einem anderen Stern.

Florian wiederum glaubte, dass Walli ihn wegen der jungen Frau, die rückwärts auf ihn wartete und der er beim Eintritt zugewunken hatte, ignorierte. Immerhin hatten Walli und er sich einige Zeit lang aus den Augen verloren, was Florian bedauerte.

Die dunkelhaarige Schönheit hatte ihn auch entdeckt und wirkte darüber erfreut. Florian Wagner nickte bestätigend. Walli drehte sich wieder um und hatte nur einen Gedanken: Marius soll endlich kommen. Überraschenderweise blieb sie trotz allem weiterhin gelassen. Sie hatte das Telefon in der Hand, als Marius fröhlich die Stiegen zum Flur hinuntersprang. Er umarmte sie pflichtschuldig. Tartuffe wedelte ungeduldig mit dem Schwänzchen, merkte aber beizeiten, dass es nicht gut kommen würde, an Wallis Beinen hochzuspringen.

Sein Herrchen grüßte den ihm unbekannten Florian Wagner freundlich, wunderte sich allerdings, dass Walli seine Verspätung nicht ansprach. Stattdessen erwiderte sie seine Begrüßung über Gebühr, was ihn gewissermaßen ratlos machte.

Florian hingegen war gleichfalls verblüfft. War der junge Mann doch halb so alt wie Walli. Könnte also ihr Sohn sein. So jung, wie er war.

Ohne weiter Worte zu verlieren, schnappte Walli Marius und zog ihn mit sich hinaus. Denn Harry, der mit ihnen unterwegs sein wollte, würde bereits auf sie warten.

17. KAPITEL

Sie merkte jetzt, dass sie schon ziemlich außer Puste war. Bemühte sich daher, sich besser auf die Atmung zu konzentrieren. Die Luft so gleichmäßig wie möglich einzuatmen und dosiert strömen zu lassen. Was ihrer Ausdauer diente. Das nahm sie sich vor.

Dabei lief sie heute noch nicht lang. Hing aber ungebrochen in ihrer Gedankenwelt. Konnte nicht loslassen. Was sie dennoch wollte.

Je stärker sie versuchte, sich daraus zu lösen, desto schwerer fiel es, das Tempo zu halten. Diese hartnäckigen Gedanken lähmten jeden ihrer Schritte. Verhinderten das sinnentleerte Zusammenspiel der Bewegungssteuerung. Die es ihr ermöglichen würde, alle Mühen des Alltags zumindest eine Zeit lang zu vergessen. Weil Endorphine ihren Körper durchströmten. Glückshormone. Die für sie Raum und Zeit aufhoben.

Sie ließ sich immer erst nach einer Weile auf ihr Lauftempo ein. Schwang sich kräftemäßig je nach Tagesverfassung darauf ein. Ließ sich treiben. Alles regulierte sich dann wie von selbst. Nichts blockierte mehr. Sie fühlte sich entspannt. Wie frisch geboren. Neu zusammengesetzt. In ihrem Kosmos. Hatte Kraft geschöpft. Offenheit erfüllte ihre Seele. Machte sie neugierig. Für alles. Ohne jedoch zu belasten.

Doch für die große Runde, die sie sonst wählte, reichte es heute nicht. Sie wählte daher die kleinere.

Den Tag hatte sie penibel eingeteilt. Nach Wallis Vernissage taten sich viele neue Geschäftsfelder für die Agentur auf. Darunter waren nachhaltige Projekte ebenso wie die geplante Unterstützung bei der Direktvermarktung hochwertiger Lebensmittel aus der Region.

Lena Breitenecker hatte die Kontakte vermittelt, die sich bei Kunst und Kultur in entspannter Atmosphäre erfolgreich vertiefen ließen. Erst auf ihre, Silvia Manners, Initiative hin hatte sich Walli überreden lassen, ihre Top-Agentur auch in Richtung nachhaltige und direkte Bedürfnisse der Menschen für eine neue Erfahrungswelt zu erweitern. Je nach Region waren diese allerdings oft unterschiedlich. Besetzten sogar diverse Verluste unter Umständen als positives Gesamterlebnis. Was eine faire Chance auf Erneuerung war. Dazu zählte auch, Vorbehalte oder Vorurteile abzubauen. Solche, die in Zukunft eine Weiterentwicklung blockieren würden. Auch die eigene. Denn die Welt veränderte sich. Nicht nur in neuen Lebens- und Arbeitsrealitäten. Was sie schon getan hatte. Sondern in anderem ebenso.

Großlichten war diesbezüglich auch kein einfaches Pflaster. Bauern hatten in ihrem Beisein schwere Vorwürfe gegenüber dem Sägewerksbesitzer erhoben. Diese öffentlich zu sagen, getrauten sie sich nicht. Er war immerhin einer der größten Arbeitgeber in der Region gewesen. Doch hatte er seine Position zusehends ausgenützt. Machtmissbrauch durfte man das frank und frei benennen.

Viele der Bauern arbeiteten nur nebenberuflich für ihn. Für wenig Bezahlung. Erledigten schwere Waldarbeit. Waren Fachkräfte, was den Gebrauch von neuen Maschinen betraf.

Doch an wen konnten sie sich in ihrem Dilemma wenden? Wer unterstützte sie? In die Landwirtschaftskammer fiel so etwas nicht.

Und die Gewerkschaften vertraten von den Strukturen her immer nur Arbeiter und Angestellte. Und das seit Längerem durchaus überschaubar. Mit diesen vertrackten, oft nur kurzzeitigen Arbeitsverhältnissen. Wenn's politisch nicht genehm war, wollte nämlich keiner von denen an den wirklich Mächtigen anstreifen. Betriebsräte und die Gewerkschaftsvertretung sahen daher manchmal bewusst weg. Die vielen unterschiedlichen Kollektivverträge und Interessen innerhalb einer Berufsgruppe machten den Zusammenhalt schließlich auch nicht besser. So hatte sich vieles im Vergleich zu früher verändert. Damals waren noch echte Kämpfer und Idealisten am Werk gewesen. Jetzt ging es vielen Verantwortlichen offenbar zu gut. Festgesetzte gewerkschaftliche Grundsätze wurden einfach beiseitegeschoben. Von zahnlosen Funktionären, die oft ganz im Sinne der Arbeitgeber und für ihre eigenen vollen Taschen agierten. Nur vor geplanten Wahlen meldeten sie sich dann zurück. Scheinheilig.

Wer von den Bauern den ersten Stein warf, war seinen Minijob los. Und den brauchte man wie einen Bissen Brot. Jetzt vor allem. Wo der Eisregen so viel zerstört hatte und man manches wiederaufbauen musste. Wenn, dann sowieso gleich besser als zuvor. Zusätzliches Kapitel war dafür nötig. Die meisten arbeiteten schwarz. Oder auf selbstständiger Basis. Dann ließ sich der Reuther überdies oft Zeit mit der Bezahlung. Wollte immer noch etwas mehr aus ihnen herauspressen. Einigen Aufmüpfigen passte das nicht und sie stellten ihn. Eines Tages. Vor seinem Ableben.

Silvia Manner hielt an, als sie daran dachte. Stützte sich auf ihre Oberschenkel, ließ den Kopf entspannt hängen und atmete tief durch. Sie befand sich auf dem letzten Wegstück im Wald, knapp bevor dieses durch die Felder zum Haus von Sybille Karner und Wallis Grundstück daneben führte.

Um sie herum war alles dicht verwachsen. Himbeer- und Haselnusssträucher ließen nur wenig Licht durch. Auch das Unterholz hielt wie ein Schutzwall allen Einwirkungen von außen stand. Bewahrte diesen eigenen geschlossenen Kosmos.

So wie sie es sich manchmal auch für sich selbst wünschte. Einen Kokon um sich herum zu bilden. Um nicht alles und jeden an sich heranlassen zu müssen.

Silvias Atmung war ruhiger geworden. Sie richtete sich auf. Stützte die Hände in die Hüften und streckte ihren Rücken durch. Dann hob sie ihre Arme gen Himmel. Sah dessen hellblaue Zwischenräume, bis das Geräusch knackender Äste ihre Aufmerksamkeit zurücklenkte.

Ihre Entspannung von zuvor war verschwunden. Sie sah sich um. Nach dem hellen Himmel war ihre Umgebung jetzt nur undeutlich zu erkennen. Die Konturen unscharf. Verschwammen ineinander. Ließen sie genauer hinsehen. Was sie zugleich anstrengte. Ihr Unbehagen verursachte. Sie zum Weitergehen mahnte. Als eben von der anderen Seite her etwas ihr Bein streifte.

Silvia Manner erschrak.

Was es gewesen war, konnte sie nicht sehen. Es war um sie herum immer noch zu dunkel. Aber der Gedanke, dass ihre physischen Grenzen überschritten worden waren, ängstigte sie. Sie drehte sich so schnell sie konnte um, peilte den Ausgang des Waldes an, als sie unbedacht über einen Ast stolperte. Er war auf dem Weg gelegen. In der Eile hatte sie ihn übersehen. Sie stürzte seitlich und zerschliss ihre Jogginghose.

Der Aufprall war unsanft gewesen. Sie rieb ihren Schenkel. Dann betrachtete sie ihr Knie. Es war blutig geschunden. Kleine Steinchen und einige Fichtennadeln klebten in der Wunde. Aufzustehen fiel ihr schwer. Daher drehte sie sich auf die andere Seite und probierte, sich mit Schwung hochzudrücken. Was misslang.

Der einzige Ausweg war, zum nächsten Baumstamm zu robben und sich an diesem hochzustemmen. Was sie auch tat. Sie zog ihr Bein nach und lehnte sich mit der

Schulter am nächstbesten Baum an. Sie drückte sich langsam hoch, als unter lautem Surren neben ihr ein Pfeil einschlug.

Silvia erstarrte und duckte sich instinktiv. Sie blickte um sich, ohne ihren Körper zu bewegen.

Niemand war zu sehen.

Nach dem ersten Schreck überkam sie Panik. In Todesangst rannte sie los. Dass sie jetzt hätte getroffen werden können, daran dachte sie nicht. Ein innerer Motor trieb sie an. Den Weg entlang, der aus dem Wald führte. Von dem aus sie bereits deutlich das Licht sehen konnte. Sie ihren Atem spürte. Ihr Herz bis zum Hals hinauf pochte.

Sie lief so schnell, wie ihre Beine sie tragen konnten. Das letzte Waldstück stieg leicht an. Sie nahm all ihre Kraft zusammen. Es war nur noch ein Katzensprung, motivierte sie sich.

Dann wäre es geschafft.

Sie hatte das Dunkel, dessen Geborgenheit sie sonst mochte, verlassen. War ins grelle Tageslicht gekommen. Konnte aber nicht aufhören zu laufen. Rannte in gleicher Intensität.

Weiter. Weiter. Weiter.

Wie von Sinnen. Verfolgt von Ungewissheit. Darüber, dass ihr jemand nach dem Leben trachtete. Sie verunsicherte. Sie auslöschen wollte. Ihr die Unbeschwertheit raubte. Die Leichtigkeit. Mit der sie gewöhnlich ihre Joggingrunde nahm. Genommen hatte. Denn ab jetzt würde es für sie nie wieder so sein wie zuvor.

So unbeschwert. So befreiend.

Sie rannte die letzte Etappe zum Haus, ohne sich umzudrehen. Ihr Tempo war hoch. Ihre Kräfte schier unerschöpflich. Das Bein spürte sie nicht mehr. Sie war wie unter Strom. Lief weiter. Wie von Sinnen.

Erreichte das Haus.

Schlug hinter sich die Tür zu.

Warf sich samt Schuhen aufs Sofa.

Anna kam aus dem oberen Stock. Irritiert stellte sie sich vor die Freundin. »Silvia, was ist denn los? Warum knallst du die Tür so fest hinter dir zu?«

Silvia hatte ihr Gesicht tief in eines der Polster vergraben und reagierte nicht. Vorerst.

Da sie in der Position verharrte, beunruhigte das Anna. Sie setzte sich neben sie und berührte ihre Schulter. Erschrocken drehte sich Silvia um.

»Um Gottes willen! Was hast du?«, fragte Anna nochmals und wich selbst erschrocken zurück. Jetzt sah sie Silvias wirren Blick. Da ihre Freundin weiterhin nicht reagierte, stand sie auf und stützte sich versehentlich auf deren Bein ab.

Ein heftiger Aufschrei erfolgte und Silvia schüttelte Anna ab.

Diese fiel zu Boden und bemerkte erst jetzt die Verletzung.

»Furchtbar! Das sieht ja schlimm aus!« Sie versuchte Silvia zu trösten. Diese stieß sie allerdings von sich. Anna sah sie unglücklich an. »Wo bist du gestürzt?« Während sie das fragte, betrachtete sie die Wunde genauer.

Silvia antwortete weiterhin nicht. Starrte bloß ausdruckslos vor sich hin.

Dass ihre Partnerin in diesem Moment nicht in der Lage war zu sprechen, wurde Anna schmerzhaft bewusst. Sie ging ins Badezimmer und kam mit Verbandkasten und Desinfektionsmittel zurück.

Sie berührte den Kniebereich sanft und signalisierte Silvia, dass sie um dessen Empfindlichkeit wusste. Die Freundin hatte inzwischen den Kopf zur Seite gewandt und sah sinnentleert vor sich hin.

Dass etwas Verstörendes vorgefallen sein musste, ahnte Anna. Etwas, das Silvia hatte sprachlos werden lassen. Ihr Bewusstsein trübte. Vorübergehend. So hoffte sie jedenfalls.

Silvia war in einem Schockzustand. Eindeutig. Atmete aber wieder ruhiger als zuvor. Ließ es mit sich geschehen, als Anna Karner die Hose um ihre Wunde ausschnitt, damit sie diese versorgen konnte.

Silvia vertraute ihr. Auch jetzt. Wie sie es umgekehrt auch tat. Immer tun würde. Was ihr wieder bewusst wurde.

Danach streichelte Anna Silvias Gesicht und bot ihr an, sie nach oben ins Schlafzimmer zu begleiten, wo sie ihr das Bett bereiten würde. Daraufhin zog Silvia ihre Gefährtin an sich und umarmte sie. Lange. Wortlos.

18. KAPITEL

»Ich hol schon einmal die Vorspeisenteller herein.«

Walli Winzer war dabei, sich in die Küche aufzumachen, als Lena sie davon abhielt. »Warte noch ein bisserl. Wir sitzen gerade so gemütlich beisammen und haben noch nicht einmal unseren Aperitif ausgetrunken.« Demonstrativ nahm sie einen Schluck aus ihrem halb vollen Glas und stellte es zurück auf den Couchtisch.

Eine kleine Runde von Frauen saß um diesen und begrüßte Lena Breiteneckers Aufforderung. Walli setzte sich erneut in ihren bequemen Ohrensessel und legte die Beine leger über den Hocker vor ihr. Dann griff sie nach der Flasche Martini Bianco und fragte verlockend in die Runde.

Silvia Manner meldete sich für ein neues Glas. »Den brauche ich heute«, rechtfertigte sie ihr bereits drittes Glas. »Es geht nichts gegen so einen verführerischen Stimmungsaufheller«, freute sie sich über den kommentarlosen Nachschub.

Auch Mizzi Troger hielt Walli das Cocktailglas entgegen. Nur Anna winkte ab. Sie wollte offenbar auch zum Abendessen überleiten, zu dem Walli ihre engsten Freundinnen eingeladen hatte.

»Ich hab schon langsam den Verdacht, dass uns irgendjemand einen gehörigen Schrecken einjagen möchte. Vielleicht will er uns überhaupt davon abbringen, dass wir uns weiter in den Wäldern herumtreiben.«

»Verstehe ich nicht ganz, denn du, Walli, warst doch ganz woanders, als dich der Pfeil fast getroffen hätte«, überlegte Silvia.

»Stimmt. Was aber zusammenpasst, ist, dass die Wälder alle den Reuthers gehören.«

»Da irrst du dich. Denn der, in dem du warst, war der von der Romy Steiner.«

Walli Winzer richtete sich nervös im Ohrensessel auf und nippte an ihrem eiskalten Getränk. »Okay. Jetzt steh auch ich wieder am Start. Aber die Romy, die nehmt's gleich aus dem Spiel.«

»Sag, Walli, weißt du das noch nicht?«, fragte Lena und stellte ihr Glas ab.

»Nein. Was sollte ich wissen?«

»Na, das mit der Romy. Dass sie mitgenommen wurde.«

»Was? Wohin? Wer?«

Zur genaueren Erklärung sprang Mizzi Troger ein: »Der Sepp musste sie im Auftrag von seinem Chef abholen. Seit gestern ist sie in der Polizeiinspektion Gföhl. Der Adi Platzer hatte das so angeordnet und will sie sogar selbst vernehmen.«

Walli Winzer sah entgeistert in die Runde. »Warum hat mir das niemand gesagt? Und das erfahre ich erst jetzt?«

»Der Sepp hat mir das vorhin im Vorübergehen erzählt und war dabei recht betroffen.« Mizzi Troger sah Hilfe suchend zu Lena.

»Walli, ich hab geglaubt, dass dich der Sepp genauso informiert hat. Ihr redet doch sonst über alles. Und du hast noch dazu den Draht zum Oberst Weichselbaumer.«

»Jaja«, sinnierte Walli gedankenverloren vor sich hin. »Ich glaube, mit dem werde ich gleich ein bisserl telefonieren und ihn fragen müssen. Was das Ganze nämlich soll.«

Sie stand auf und ging hinaus auf die Terrasse.

»Sag, Silvia, wie geht's dir jetzt eigentlich?«, wollte Lena wissen, die es sich dabei im Fauteuil bequem machte.

»Wir haben so viel Mullbinde um das Knie gewickelt, dass ich es kaum beugen kann. Daher spüre ich es nicht. Nur ein bisserl brennen. Aber das wird schon«, beruhigte sich Silvia mehr selbst.

Anna reichte ihr eine Schüssel mit Erdnüssen und lenkte sie so vom Thema ab.

Von der Terrasse her hörte man Walli Winzer eifrig mit dem Polizeioberst diskutieren. Sie insistierte richtiggehend.

Mizzi Troger fragte so nebenbei: »Wo ist denn der Hans?«

Lena schien die Frage unangenehm zu sein. Sie beugte sich nach vorne und griff nach ihrem Martiniglas. Sich festzuhalten, schien ihr in dem Augenblick gutzutun. Den Eindruck hatte zumindest Silvia Manner, die ihren

Oberkörper etwas in ihre Richtung drehte. So konnte sie die Biobäuerin nämlich besser sehen.

Diese gab sich gelassen.

»Du, wir reden in letzter Zeit nicht so viel miteinander. Was er heute macht, weiß ich nicht.«

Der kleine Kreis schwieg. Alle warteten, was folgen würde.

Doch es kam nichts. Lena nippte weiter an ihrem Glas und stellte es danach mit ernster Miene ab.

Dann fuhr sie sich mit der Hand nervös über die untere Kinnpartie.

Ihre Nachbarin, Mizzi Troger, ergriff jetzt unmissverständlich das Wort: »Ist das noch immer wegen dera Anita Reuther? Die kommt ja jeden Tag, seit der Alte tot is.«

»Ja, und jedes Mal will sie etwas anderes von ihm«, ergänzte Lena.

»Ihr seid doch ein Wirtschaftsbetrieb. Da ist das doch normal. Oder?«, fragte Anna Karner nach.

»Schon. Aber sie will immer nur mit dem Hans sprechen. Alles soll er machen. Sie will auch, dass nur er ausliefert. So wie heute. Jetzt. Am Abend. Wer liefert, wenn's fast dunkel ist, aus? Der Hans. Und es macht ihm noch Spaß, hab ich das Gefühl. Mir allerdings nicht.« Sie griff erneut zum Glas.

»Na ja, hübsch is sie schon, die Anita. Klar mog er des«, reagierte Mizzi wieder einmal wenig einfühlsam.

»Du sagst es«, reagierte Lena dementsprechend verschnupft. »Er tut so, als ginge ihn das alles nichts an.

Dabei fällt es sogar den Kindern auf, dass die dauernd da ist. Entweder er stellt sich so blöd oder …«

»Er hat etwas mit ihr«, brachte Silvia es auf den Punkt und legte den Kopf auf das Sofa. Nachdenklich fuhr sie sich dabei mit der Hand durchs Haar.

Die sanfte Bewegung rief Kater Filou auf den Plan. Behänd hüpfte er rückwärts auf die Lehne und stolzierte die gesamte Länge ab, bis er direkt vor Silvia hielt. Er sah sie fragend an, als würde er gleich die Antwort von ihr erwarten.

Stattdessen setzte Lena fort, während Silvia ihn kraulte. »Ihr Mann ist den ganzen Tag im Sägewerk beschäftigt. Wie ich das sehe, ist der sowieso damit überfordert. Daher ist er nicht so oft zu Hause. Jetzt ist ihr halt fad. Der Bub wird auch nicht mehr ständig bei ihr sein wollen, und mit der Schwiegermutter hat sie sich eh nie richtig verstanden.«

»Kein Wunder.«

Silvia sah überrascht zu Mizzi. Was würde noch von dieser Klatschtante kommen? Sie brachte sich in Stellung, um im Notfall der angeschlagenen Lena beistehen zu können.

»Die Natalie Reuther sah in der Anita immer a Konkurrenz.«

»Ja, wieso denn?«, war es nun auch Lena zu viel. »Wie soll was gehen, wenn sie doch ihre Schwiegertochter ist? Na ja, oft sind Schwiegermütter da a bisserl eigen, wenn es um die Aufmerksamkeit ihrer Söhne geht.«

»Ja, ich sag nur, was ich selbst beobachtet habe und weil's die Leut so daherreden.«

»Es geht halt allgemein um die Aufmerksamkeit der Männer. Und da hat eine ältere Frau gegenüber einer jüngeren einfach schlechtere Karten. Dieser Jugendkult. Der is schuld an allem«, warf Silvia ein.

»Man hat gesehen, dass der Johann Reuther mit der Anita abends manchmal weggefahren ist. Zu einer Veranstaltung. Oder zu Geschäftspartnern. Die Natalie hat wieder einmal Migräne gehabt, so hat man erzählt, und der Michael wollte beim Jonas bleiben.«

»Also, was du alles weißt, Mizzi. Ich komm nicht einmal auf die Idee, bei irgendjemandem nachzufragen. Mich interessiert so etwas überhaupt nicht«, meldete sich nun auch Anna Karner zu Wort. Ihr wurde bei dem Gedanken unwohl, was man in Großlichten wohl alles über sie und ihre Partnerin tratschte.

Silvia streckte sich nach Annas Arm und streichelte ihn zur Beruhigung. Dann lachte sie. »Du weißt doch: Die Leute haben immer etwas zu lästern. Das wirst du ihnen nie austreiben können. So sind viele eben. Nicht nur in Großlichten. Und weißt du, was die mich können? Mir den Rücken runterrutschen, um das mal höflich zu formulieren.«

Ein wenig fühlte Mizzi Troger sich damit angesprochen. »Trotzdem: Die Anita Reuther is keine Einfache. Das muss man wissen. I tät daher schon auf den Hans aufpassen an deiner Stelle, Lena.«

»Worauf sollte Lena aufpassen?«, schnappte Walli, die eben hereinkam, die letzten Worte auf.

»Ach, wir haben über Anita Reuther und ihren *Jagd-*

instinkt gesprochen«, versuchte Silvia das Thema wieder mehr aufs Allgemeine zu lenken und sah Mizzi eindringlich an, kein Wort mehr zu sagen. Was diese verstand und ein Schnoferl zog.

»Ah, habt ihr über die Jäger gesprochen? Vielleicht auch über das Ehepaar, das mit Pfeil und Bogen unterwegs ist? Die scheinen ja brandgefährlich zu sein. Dich und mich hätten die fast erwischt«, zeigte sie in Silvias Richtung.

Walli schenkte sich sichtlich entspannt ein volles Glas Martini ein und setzte sich zurück in ihren Ohrensessel. Das Telefonat mit Dr. Ludwig Weichselbaumer hatte sie eindeutig zufrieden gestimmt. Denn entgegen ihrer teilweise impulsiven Natur hielt sie sich bezüglich dessen Inhalt zurück.

Silvia Manner bemühte sich währenddessen, ihr verletztes Bein vom Sofa zu ziehen und damit den Boden vorsichtig zu berühren. Zu diesem Zweck stützte sie sich auf der Lehne ab, was Filou aus seiner Liegeposition verdrängte. Dieser reagierte irritiert und sprang hinunter.

Auch Walli sah ihn jetzt. »Hallo, Süßer!«, streckte sie ihm ihre Hand entgegen, die sie später außen am Ohrensessel baumeln ließ. Der Kater nahm diese Liebesbezeigung gerne an und ließ sich von Frauchen kraulen.

Inzwischen versuchte Anna, Silvia aufzuhelfen, worauf diese dankend einwilligt. Dabei erklärte sie: »Es gibt hier einen Parcours für Bogenschützen. Den kennen viele nicht. Vielleicht habt ihr den gekreuzt. Und wer weiß, ob das bei dir überhaupt diese beiden waren?«, sprach sie Silvia direkt an. »Hast du irgendjemanden gesehen?«

Das rief wiederum Lena Breitenecker auf den Plan: »Ja, das ist etwas, was wir bei der nächsten Gemeinderatssitzung besprechen müssen. Der 3-D-Parcoursweg ist ganz schlecht ausgeschildert. Beim nächsten Mal passiert vielleicht wirklich etwas.«

Filou war auf den Geschmack der Streicheleinheiten gekommen. Da Lena sich im Moment in Szene setzte, sprang er ihr auf den Schoß, um es sich dort gemütlich zu machen. Überrascht leistete sie keinen Widerstand, sondern fügte sich dem Katzenwunsch.

Silvia war nun auf dem Weg zur Toilette. Anna wollte sie stützen, doch sie winkte ab und humpelte allein in die Richtung. Zur Sicherheit folgte sie ihr still und heimlich in einigem Abstand.

»Bevor wir jetzt zum angenehmen Teil des Abends übergehen, wollte ich euch schnell sagen, dass der Oberst sich um Romys Inhaftierung kümmern wird. Ohne ihr etwas Konkretes vorwerfen zu können, muss man sie sowieso wieder freilassen. Er wird sich erkundigen, welche Beweise gegen sie vorliegen und ob die überhaupt stichhaltig sind. Vielleicht veranlasste der Platzer da etwas im Alleingang. Zutrauen würde ich es ihm.«

Walli Winzer wollte eben aufstehen, als sich die Vorzimmertür öffnete und Florian Wagner eintrat. »Hallo miteinander«, rief er in die Runde. »Ist die Anna da?«

»Hallo«, antwortete Walli. »Ja, ist sie.«

Nachdem Anna Karner ihren Namen gehört hatte, kam sie ins Wohnzimmer zurück. »Hallo, Florian.«

»Ich bring die Hausschlüssel und auch die vom Gatter in den Garten zurück. Deine Tante ist nach St. Pölten zu einer Theateraufführung gefahren und hat mich gebeten, sie dir zu bringen. Ich wollte sie nicht ins Postkastl werfen, wenn ich weiß, dass du nur ein Haus weiter bist.«

Er sah nach Walli, die sich allerdings unbeteiligt gab. Sie konnte sich noch sehr gut an die jüngere Frau erinnern, mit der sich Florian Wagner im Wirtshaus getroffen hatte. Ihre Lippen spitzten sich bei diesem Gedanken, und sie stellte sich, um sich am Gespräch nicht beteiligen zu müssen, demonstrativ an den CD-Player.

Silvia hatte ihr im Laufe der Jahre zu jedem Anlass passende Musik geschenkt. Die kannte sich ja wirklich gut damit aus. Walli entschied sich diesmal für Eric Claptons Album »Unplugged« und legte es ein. Sie wählte den Song »Tears in Heaven«. Den mochte sie besonders.

Mizzi Troger, die neben der Gabe, detailreich erzählen zu können, auch noch eine ausgezeichnete Köchin war, war inzwischen in die Küche gegangen und hatte den heißen Suppentopf geholt. In Absprache mit Walli hatte sie den Menüplan geändert. Es gab getrüffelte Maronisuppe, später dann statt des angekündigten Karpfens Gnocchi mit Ziegenfrischkäsesoße, Spinat und gehobeltem Trüffel und als krönenden Abschluss Pannacotta mit Himbeermousse.

Sie stellte die Suppenterrine aufs Stövchen. Dann rief sie alle zu Tisch. »Florian, i glaub, du kannst ruhig bleiben. Wir haben auch für dich genug.« Sie sah zu Walli, die ihrerseits nichts dagegen einwendete.

Inzwischen kam auch Silvia aus dem Badezimmer. Anna brachte den Brotkorb aus der Küche. Lena zündete die letzte Kerze am Tisch an und suchte eine Möglichkeit, das Streichholz abzulegen, was sie dann in einem Designerschälchen tat.

Florian Wagner bemerkte, dass er als einziger Mann in dem geschäftigen Treiben der Frauen wohl nur wenig zu melden haben würde. Sogar Walli schien heute kaum an ihm interessiert zu sein. Er zog es daher vor, lieber ein anderes Mal wiederzukommen.

Noch bevor er sich verabschieden konnte, fragte ihn Walli dann doch schnell nach dem Blumenbeet. »Weiß du, was oder wer das gewesen sein könnte, der diese Verwüstung im Karner-Garten angerichtet hat?«

Florian wollte antworten, als die Eingangstür sich erneut öffnete und Marius Riesz eintrat.

»Ah, Marius, auf dich hab i eh schon g'wartet!«, freute sich Mizzi überschwänglich. »Geh, gib glei amal her!« Sie ging zielstrebig auf ihn zu, klopfte ihm zufrieden auf die Schulter und nahm ihm die Trüffeln aus der Hand.

»Hallo allerseits«, kam der späte Gast erst jetzt zum Gruß. »Leider is es sich früher nicht ausgegangen«, blickte er nochmals pflichtschuldig zu Mizzi.

»Für die Suppe passt es eh noch. Aber für die Gnocchi hätt i die scho dringend braucht.«

Walli freute sich, den jungen Mann zu sehen, was dieser herzlich erwiderte. Er erzählte ihr sogleich von seinem tollen Nachmittagsfund, den er dort entdeckt hatte, wo sie kürzlich gemeinsam unterwegs gewesen waren. Florian Wagner wurde bald klar, dass sie derzeit an seiner Antwort wohl nicht mehr interessiert war. Er machte es daher kurz, überreichte Anna die Schlüssel, winkte in die Runde und verließ pikiert das Haus.

19. KAPITEL

»Heast, i hab gar nicht damit gerechnet, dass wirklich so viele Leute kommen.«

»Warum? Fürs Feiern sind die Leute immer zu haben. Und die Jägerschaft hat sich ja heuer sehr um alle bemüht.«

Zwei Frauen im Reiterdress standen am Weg Richtung Reiterhof und sahen davor eine Bläsergruppe von Jägerinnen und Jägern im Halbkreis auf der Wiese stehen. Sie hielten ihre Jagdhörner unterm Arm und harrten ihres Einsatzes. Um sie herum gruppierten sich zahlreiche Heurigengarnituren. Auf den heißen Platten der Grillmeister dampften schon die ersten Würste samt anderer Köstlichkeiten vom Wild. Nur die lange Warteschlange vor der Getränkeausgabe vermittelte den Eindruck, dass sich zu wenige Freiwillige für den Ausschank gemeldet hatten.

Offensichtlich warteten die Bläser, bis die meisten mit ihren Getränken Platz genommen hatten.

Der örtliche Jagdmeister sprach mit anderen, blickte zur Jagdhundestaffel mit ihren bereits gelangweilten Haltern und sah immer wieder auf die Uhr. Dann orderte er einen der Jungjäger und wies ihn an, eines der Wildtierkunstwerke sorgfältiger dem Halbkreis um die Bläser anzuordnen.

Walli Winzer, die mit Lena Breitenecker und deren Kindern am Tisch saß, staunte nicht schlecht, als sie das beobachtete. Sie stand auf und wollte es aus der Nähe betrachten.

»Was machen Sie denn da?«, fragte sie den jungen Mann.

»Jo, wir legen heuer das erste Mal keine von uns in der Früh erlegten Viecha als Trophäen auf, sondern nur Jagdsymbole, die von Künstlern angefertigt worden sind.« Dann hob er eine Standarte hoch und steckte sie in die Wiese. Alles erhielt dadurch plötzlich eine amtliche Note. Auch der Oberjäger mit seinen Auszeichnungen auf dem Jägerhut passte jetzt dekorativ dazu.

»Aha. Das finde ich ja fein. So jemand wie ich, der sonst nichts mit der Jagd zu tun hat, will erlegte Tiere, ehrlich gesagt, nicht unbedingt sehen.«

Der Jungjäger schaute sie verständnislos an und gab keine Antwort.

Die erhielt Walli dafür vom Jagdmeister und Ausrichter der Veranstaltung: »Ja, da in Ihrem Reiterhof, Frau Winzer, viele Touristen verkehren, haben wir heuer beschlossen, auf die Andeutung von erlegtem Wild umzusteigen. Immerhin sind Kinder dabei und viele Erwachsene wie Sie wollen den Anblick nicht.«

»Das empfinde ich sehr umsichtig von Ihnen. Ich habe mir immer gedacht, wie kann man ein Fest feiern, wenn daneben Tierkadaver liegen. Also, mir vergeht da der Appetit.«

»Das war der springende Punkt für unsere Entscheidung. Diese Jagdfeiern haben zwar eine lange Tradition. Die erlegten Tiere wurden auch von unserem Herrn Pfarrer gesegnet. Aber wie Sie sehen, haben wir das in dieser Form heuer nicht. Der Herr Pfarrer sitzt gemütlich dort drüben und wird später ohne Messgewand seinen Gruß an die versammelte Gemeinde spenden.«

»So ändern sich die Zeiten. Aber ich finde das gut, was er macht.«

»Er war sofort begeistert. Hat keinen Gegenvorschlag eingebracht. Er möchte unter Menschen sein. Betrachtet sich selbst als einer von ihnen. Ist nicht abgehoben. Sitzt mit ihnen gemeinsam an dem großen Tisch.«

Walli sah, wie der junge Pfarrer inmitten einer Traube von Menschen Platz genommen hatte, die allesamt gut gelaunt waren. Er schien gerade etwas zu sagen, dem die meisten interessiert zuhörten.

Da immer noch wenig Bewegung vor der Getränkeausgabe zu bemerken war, preschte Hans Breitenecker los, um auszuhelfen. Er stellte sich hinter die provisorische Theke und zapfte Bier aus einem dekorativen Holzfass. Ein wenig entfernt von ihm stand plötzlich Anita Reuther. Er hatte sie vorerst noch nicht gesehen.

Dafür Lena. Sie beobachtete die beiden aus der Ferne. Ihre Kinder Lukas und Lisa waren mit ihren Freundinnen und Freunden ins Gespräch vertieft. Am Vortag waren sie bei einem Clubbing gewesen, und da musste noch einiges nachbesprochen werden.

Lena bemerkte, wie Hans sich freute, Anita zu sehen. Irgendetwas flüsterte sie ihm zu. Er reagierte daraufhin irritiert. Anita Reuther erwartete offenbar keine spontane Reaktion von ihm, denn sie ging weiter, drehte sich allerdings nach ihm um und lächelte. Hans war danach unkonzentriert und ließ den Bierhumpen überschäumen. Lena mutmaßte, dass das, was sie ihm gesagt hatte, ihn offenbar sehr beschäftigte. Sie hoffte, dass es nicht das war, was sie befürchtete, und stützte nachdenklich den Kopf auf ihre Arme.

»Na, was ist denn?«, fragte Walli, die eben vom Gespräch zurückgekehrt war.

»Ich mach mir Gedanken wegen dieser Anita«, flüsterte sie der Freundin ins Ohr. Sie wollte nicht, dass ihre Kinder etwas mitbekamen. Das war auch nicht der Fall, weil sie im selben Moment ankündigten, ein wenig herumflanieren zu wollen. Sie hatten weitere Freunde entdeckt.

»Lass gut sein, Lena. Nur weil die Anita Reuther ein bisschen flirtet, muss doch nicht gleich etwas dahinterstecken.« Zu mehr kam Walli Winzer nicht, denn ein bereits angeheiterter Mann mit Gamsbart am Hut drehte sich von der Nebenbank zu ihnen um. »Wenn Sie sich da nur nicht täuschen«, entgegnete er.

Walli sah ihn überrascht an. »Wie meinen Sie das?«

»Ganz einfach.« Er zögerte ein wenig. »Die Anita Reuther sollte man nicht unterschätzen.«

Walli schüttelte irritiert den Kopf. Zeitgleich setzten die Bläser zur Fanfare an. Der Klang der Hörner war ziemlich laut, weshalb das Gespräch unterbrochen wurde. Alle sahen in Richtung Musik.

Walli merkte, dass Lena bekümmert wirkte, und nahm sie tröstend bei den Schultern, woraus diese sich sofort entwand.

Es folgten noch einige Darbietungen des Jägerchors. Manche davon schienen bekannt zu sein. Denn im Publikum sangen einige leise mit. Die Veranstaltung gefiel nicht nur den zahlreichen Jägerinnen und Jägern, sondern allen, die gekommen waren, um mitzufeiern. Einige Reiterinnen aus Wallis Gestüt hatten sich ebenso unter die Gäste gemischt und winkten ihr zu. Der Jagdmeister richtete nun einige Worte an die versammelte Gemeinde, bedankte sich bei der Kapelle, dem Chor sowie dem Jagdfestkomitee und entschuldigte Bürgermeister Brunner, der derzeit im Ausland weilte, aber seine Grüße übermittelte.

Da kam wieder Leben in Lena und sie sah dankend zum Himmel, dass ihr heute wenigstens die Anwesenheit dieses Schlawiners und politischen Gegners erspart blieb.

Der Jagdoberste Großlichtens wies auch auf die Charity-Aktion zugunsten in Not gekommener Gemeindemitglieder hin und übergab danach das Mikrofon dem Herrn Pfarrer, ehe sich alle wieder ihren Gesprächen widmeten.

Lena wandte sich etwas von Walli ab und schien derzeit nicht besonders leutselig zu sein. Auch sonst saß niemand mit ihnen am Tisch. Daher suchte sie erneut das Gespräch mit dem Jäger. »Sagen Sie, was haben Sie vorher gemeint?«

Der Mann sah Walli mit entrückt glasigem Blick an. In seinem Zustand konnte er sich offenbar nicht mehr erinnern. Vor ihm stand ein neues Krügel Bier.

»Also, das mit der Anita Reuther. Sie wollten noch etwas sagen«, erinnerte sie ihn an zuvor.

»Ah, die Reuthers«, setzte er nach einer kleinen Denkpause fort. »Ja, bei denen geht es nicht mit rechten Dingen zu.«

»Wie meinen Sie das?«, wurde Walli hellhörig. »Was ist mit *denen?*«

Er winkte plötzlich ab und war nicht mehr sehr an dem Gespräch interessiert. Zudem begann die dörfliche Blasmusikkapelle zu spielen, und dadurch kam Schwung in die Gästereihen.

Doch Walli Winzer ließ nicht locker: »Was fällt Ihnen zu den Reuthers ein?«

Der Jäger wandte sich wieder nach ihr um: »Nix wirklich Erfreuliches. Denn die wollen ja unsere Jagd verkleinern. Für an besseren Baumbestand. Darüber kann ma nur lachen.«

»Klingt doch vernünftig«, sagte sie und wusste, dass sie sich damit bei ihm nicht sonderlich beliebt machen würde.

»Hören Sie, die holen sich sowieso des Holz aus aller Welt zammen und bringen es hierher oder werden gleich dort reich. Tun daher nur so, als würden sie auf unsere

Wälder aufpassen. Nur so weit, damit man nicht genau hinschaut, was sie eigentlich machen.«

»Ja, ich hab davon gelesen, dass österreichische Firmen als Global Player der Holzbranche unterwegs sind.«

»Global Player. Da lach ich wieder nur. Was is da scho besonders daran, Holz weltweit schlägern zu lassen, um es dann mit speziellen Computerprogrammen logistisch an seine Geschäftspartner zu verteilen? Know-how braucht ma dazu nicht. Nur an Logistiker und korrupte Netzwerke, die auf Teufel komm raus ans Rohmaterial kommen. Das am besten in Ländern mit gierige Politikern und dera Holzmafia.«

»Nicht allzu weit von uns, in Rumänien, soll's nach wie vor schwierig sein«, warf Walli Winzer ein.

»Ja, und das obwohl die Zeitungen immer wieder darüber schreiben und die EU versucht, die Lage in den Griff zu kriegen. Von Kontrolle kann da oba koa Red net sein.«

»Wirklich ernst nimmt das niemand, hab auch ich gelesen.«

»Jäger, die sich gegen den illegalen und auch legalen, weil von der Regierung immer wieder bewilligten Holzraub stellen, werden einfach ausm Weg geräumt und umgebracht. Seit Rumänien in der EU ist, haben die Großhändler freie Fahrt. Kontrollen gibt es kaum.«

»Ich habe gedacht, es gibt GPS-Systeme, mit denen man alles nachverfolgen kann«, gab sich Walli informiert.

»Die unter Misskredit gekommenen Holzkonzerne hatten das vorgeschlagen und entwickelt. Ich kann Ihnen aber sagen: Es geht genauso zu wie vorher.«

»Woher wissen Sie das?«

»Schauen Sie, als Jäger bekommen Sie so einiges mit. Wir sitzen mit den Holzarbeitern und Lieferanten bei einem Schnapserl beisammen. Das lockert die Zunge.«

»Und was hat das mit den Reuthers zu tun?«

»Die sind besonders findig«, gluckste er vor sich hin und nahm einen Schluck Bier.

»Wie meinen Sie das?«

»Die habn ein Nachverfolgungstool entwickelt, das sie selbst manipulieren.«

»Aber das wird doch sicher genauer überprüft …«

»Das kann ma so net. Da müsste Europa mitspielen und bedrohte Wälder von Satelliten aus überwachen lassen.«

»Aha. Und das geht nicht, weil man sofort eine Debatte über Persönlichkeitsrechte hätte.«

»Wie auch immer. Sie sehen: Es bleibt alles beim Alten und einige werden weiterhin auf unser aller Kosten und auf Kosten der Natur superreich. Auch wenn sie sich in ihrem Lebensstil bescheiden geben.«

»Und das tun die schlauen Reuthers?«

Der Jäger machte eine abwehrende Geste. »Eigentlich können die einem ja leidtun.«

»Wie meinen Sie das?«

»Schauen Sie: Wie die es miteinander halten, das wär mir das alles nicht wert.«

Walli Winzer hob ihre Schultern und wartete, was noch kommen würde.

»Na, das weiß doch eh a jeder.«

»Was denn? Also, ich nicht.«

Der Jäger seufzte, zog sein Jagdmesser aus dem Halfter und legte es auf den Tisch. Einer der Kellner brachte ihm eine Jausenplatte mit Wildpastete und geräuchertem Rehfilet, wofür er sich bedankte.

Lena widmete sich wieder Walli und dem Jäger. Ihre Beobachtung schien abgeschlossen zu sein.

Walli Winzer ließ aber nicht locker. »Das sieht ja köstlich aus«, war sie bestrebt, seine Aufmerksamkeit in Konkurrenz zur Wildpastete zu gewinnen.

Der Jäger deponierte das Jagdmesser, dessen Griffteil fehlte, auf der Platte und drehte sich nochmals um. »Schauen Sie, wenn ich keinen Erben hab, dann brauche ich auch nicht so viel Geld zu scheffeln. Verstehen Sie, was ich meine?«

Dieser Mann sprach in Rätseln, oder war es der Alkohol, der ihn in seiner Ausführung undeutlich werden ließ? Walli war so klug wie zuvor.

Der Jäger sah in ihr verdutztes Gesicht und meinte wohl, dass sie schwer von Begriff sein müsse. Deshalb versuchte er ihr langsam und deutlich die Lage auseinanderzusetzen. Doch die Musik wurde so laut, dass er es vorzog, sich lieber seinen Wildspezialitäten zu widmen.

»Auch kein angenehmer Zeitgenosse, dieser Typ«, brachte Lena Breitenecker sich wieder ein ins Gespräch.

Zu mehr kam es nicht, da Walli Mizzi Troger und Resi Grubinger an den Tisch winkte.

»Ja, hallo, griaß eich!«, setzte Resi sich den beiden gegenüber. Da sie ihres Körpervolumens wegen nicht gleich durch die Heurigenbank schlüpfen konnte, stieß sie den Jäger hinter ihr etwas an. Dieser flog mit dem Oberkörper fast über seine Delikatessenplatte und wollte eben zu einem Rundumfluch ansetzen, als er die Frau des Dorfpolizisten erkannte.

»Scho guat. Sie hat's net absichtlich gmacht«, entschuldigte Mizzi ihre Freundin.

Er murmelte etwas vor sich hin, das niemand verstehen konnte. Dann erhob sich tosender Applaus. Die Blaskapelle hatte ihr letztes Lied gespielt. Die Menge war in bester Laune.

Jetzt folgte eine Leistungsschau der Jagdhunde, die sich auch die Breitenecker-Jugend nicht entgehen lassen wollte, wie Lena aus der Ferne sah.

»Du, da ist auch dein Trüffelsucher, der Marius«, machte sie Walli auf den großen, jungen Mann mit dem Tarnfarben-Outfit aufmerksam. »Vielleicht braucht der Unterweisung in unsere Sitten und Gebräuche?«, witzelte sie.

Walli lachte: »Das wird sich schon ergeben. Jetzt schaut er sicher den Hunden zu.«

Sie selbst war jetzt mehr an Resi Grubinger interessiert: »Ich glaub, ich hab interessante Neuigkeiten für Ihren Mann.«

Das Dröhnen der Jubelschreie für die Hunde war

inzwischen so penetrant, dass Resi mit Sicherheit nur die Hälfte verstanden haben konnte. Sie verzog freundlich ihr Gesicht, was Walli dies eindeutig bestätigte.

Doch sie staunte nicht schlecht, als Silvia und Anna mit Tobias Stieglitz erschienen. Er arbeitete gemeinsam mit ihnen in der Agentur. Walli hatte ihn länger nicht gesehen und freute sich daher besonders. »Ja, Tobi, ich wusste nicht, dass du kommst. Was machst du da?«

»Silvia hat mich zum Fest eingeladen. Außerdem wollte ich wieder einmal die kleine Vita von der Romy und der Julia sehen.«

Das weibliche Paar hatte sich mit Tobias darauf geeinigt, dass Vita zwar wissen sollte, wer ihr biologischer Vater im In-vitro-Fertilisationsverfahren war, doch Eltern würden sie beide sein. Das Mädchen war jetzt sowieso noch zu klein, um nach dem Vater zu fragen.

»Und wo ist dein neuer Lebensgefährte, der Klaus?«, fragte Walli weiter.

»Der ist derzeit beruflich in Paris unterwegs. Da hat das heute gut für mich gepasst.«

In einigem zeitlichen Abstand war ihnen Sybille Karner gefolgt. »Ihr wart so schnell unterwegs, dass ich gar nicht nachkommen konnte.«

Für Walli schien der Mittag nun gelaufen zu sein. Sie sah Hilfe suchend zu Lena, die ihrerseits eben von Hans zur Weinverkostung abgeholt wurde.

Jetzt saß Walli mit der Karner praktisch allein am Tisch. Denn die anderen unterhielten sich ohne die beiden köstlich miteinander.

Sie seufzte und wusste, dass alles irgendwann vorüberging.

»Haben Sie etwas?«, fragte sie ihre Nachbarin.

Walli lächelte. So gut hatte ihr Tag begonnen. Wie er in dieser Begleitung noch enden würde, wollte sie sich lieber nicht vorstellen. In der Ferne sah sie Florian Wagner. Er sollte ihre Rettung sein! Ihn wollte sie hierherholen. Walli Winzer sprang auf und wünschte sich nichts sehnlicher, als dass er sie bemerkte.

20. KAPITEL

Sie hatte Julia zuvor angerufen, dass sie zum Mittagessen zu Hause sein würde. Diese wollte Romy daraufhin von der Polizeiinspektion Gföhl abholen. Doch Sepp Grubinger ließ es sich nicht nehmen, die von ihm Einvernommene auf seinem Nachhauseweg mitzunehmen und beim Schloss abzusetzen.

Romy Steiner war mehr als erleichtert, hinter sich die Haustür zuzuziehen.

Endlich war diese unendlich lange Befragung zu Ende gegangen, sie dafür todmüde.

Sie stellte ihre Tasche ab, doch niemand war zu hören. Auch die Kinder nicht. Sie vermutete daher, dass diese im Garten waren.

Bei der Hitze war das heute der einzige Ort, an dem man es außer vielleicht im Bad aushalten konnte. Unter den schattigen alten Linden, die schon so vielen Generationen im Sommer Ort des Verweilens gewesen waren. So ließ es sich im verlängerten grünen Wohnzimmer auch unter freiem Himmel gut leben.

Mit Tischen, Stühlen und Liegen sowie einer großen Picknickdecke im Zentrum wirkte es sogar heimelig.

Romy ging zur Terrassentür und sah ihre Kinder mit Inas Freundin Birgit. Sie spielten mit der kleinen Vita ein Steckspiel, in dem die Kleine nun den letzten Baustein auf den Turm legen sollte. Da entdeckte sie Romy, stand augenblicklich auf und lief ihr entgegen.

Romy beugte sich hinunter und hielt ihr die Arme entgegen. Sie wollte bereit sein, den Wirbelwind aufzufangen. Mit hohem Tempo lief ihr die Kleine entgegen. Romy herzte Vita und drückte sie fest an sich. Auch die anderen waren inzwischen gekommen und umarmten sie.

Nur Julia fehlte.

»Wo ist denn die Mama?«, fragte sie schließlich zögernd.

»Hier.« Julia kam mit Ina die Stiegen aus dem Obergeschoss herunter, als sie Romy inmitten der Kinder entdeckte.

Sie näherte sich ihr langsam. Strich ihr über die Schultern und danach über die Wange. Romy machte keine Anstalten, Julia umarmen zu wollen. Fing bloß deren Hand an einer Schulter ab und drückte sie kurz fest. Das war's dann.

Als Romy Steiner Julia neben Ina stehen sah, überkam sie erneut Schwermut, die sich augenblicklich in Zorn verwandelte. Sie fing an, heftig zu atmen, stellte sich zur Terrassentür und griff sich an die Brust. Dann sah sie hinaus in die Natur und alles, was sich hinter ihrem Rücken abspielte, verlor für sie plötzlich an Bedeutung. Sie ging hinaus. Weiter und immer weiter. Ihre gleichmäßigen Bewegungen wurden schneller. Immer schneller. Bis sie zu laufen begann. So schnell sie ihre Beine trugen. Vorwärts. Ohne dass ihre Gedanken sie steuerten. Sie lief.

Und sie lief lang.

Den gesamten Bereich hinter dem Schloss auf den Karpfenteich zu. Ihr Weg endete vor einem großen Strauch, dessen Ranken dicht ineinander verschlungen waren und den Blick in sein Innerstes nicht freigaben.

Romy Steiner riss einige der Zweige auseinander und boxte sich einen kleinen Bereich frei. Dann kämpfte sie sich durch die Öffnung und verschwand dahinter.

Es war *ihr* Strauch.

Seit der Jugend.

So lang hatte sie ihn nicht mehr besucht. Ihren verwunschenen Ort. Diesen magischen Platz, mit dem sie ihre Sorgen teilte. Ihm vieles verriet. Wenn sie sich sonst niemandem anvertrauen konnte. Es nicht wollte.

Das Halbdunkel umhüllte sie. Sie wollte nichts mit der Außenwelt zu tun haben. War hier in eine andere Welt eingetaucht. Eine, die sie nicht mehr bedrohte. In der sie sich frei fühlte. In dieser kleinen Kapsel. Als säße sie im Cockpit eines Raumschiffs. Das sie starten könnte. Jederzeit. Um sich aus ihrem Elend zu manövrieren. Das sie an einen Ort brächte, an dem sich all ihre Sorgen in Luft auflösten.

Ihr Lieblingsplatz ließ sie immer wieder ankommen. Zu sich finden. Ihre Kräfte bündeln. Neu verteilen. Damit diese nicht mehr verloren gingen. Ausrannen. Wahllos. Nach allen Richtungen hin. Romy wieder gefasster werden ließ. Überlegter.

Sie dankte ihm das auch. Seit Langem. Pflegte ihn das Jahr über mit großer Sorgfalt und versorgte ihn mit ausreichend Nährstoffen, damit er gut gedeihte. Weiterhin.

Ihr Lebensstrauch.

Sie schmiegte sich an ihn. Lehnte sich sanft an sein dichtes Gerank. Nahm so die Kraft seiner Lebensader auf. Wurde Teil dieses Kreislaufes.

Ihr Atem wurde leichter. Ihr Puls langsamer. Sie spürte sinnbefreite Leere.

Die Anstrengung des Verhörs. Die unbestimmbare Situation mit Julia und Ina. Beides laugte sie aus.

Gleich darauf fasste sie sich ans Herz. Der Gedanke daran strengte sie an. Sie spürte ihren Puls erneut bis zum Hals. War erschöpft. Versuchte, sich wieder zu beruhigen und nur an den Augenblick zu denken. Den sie hier verbrachte. In der Geborgenheit der Natur. Der sie sich als gelernte Gärtnerin seit jeher verbunden fühlte. Aus diesem Geist heraus hatte sie auch ihre Landschaften gestaltet. Als sie diesen Beruf noch ausübte.

Romy Steiner schlief ein.

Wenig später wurde sie geweckt. »Um Gottes willen, Romy. Romy, bitte wach auf!«

Julia saß nahe am Strauch und bemühte sich aus Leibeskräften, das Gerank um ihre Partnerin zu entflechten.

Romy Steiner wachte auf und wusste im ersten Moment nicht, wo sie war und weshalb Julia sich so aufgebracht zeigte. Sie fühlte sich aber glücklich, dass sie da war und sie sie sehen konnte.

»Was ist denn los?«, fragte Romy.

»Du bist einfach weggelaufen. Ich habe nicht gewusst, wohin. Ich hab solche Angst gehabt, weil ich dich nirgends finden konnte. Dann ist mir unser gemeinsamer Ort von früher eingefallen. Wo wir uns als Teenager im Geheimen getroffen haben. Bis mein Vater das hintertrieb, wie wir erst viel später erfahren haben.«

Sie hatte sich inzwischen weitgehend durchgearbeitet und saß nun neben Romy. Sie umarmte sie und legte den Kopf an ihre Schulter.

»Was machst du denn für Sachen? Was ist überhaupt passiert? Mit dem Reuther. Und warum bist du plötzlich so abweisend zu mir? So unfreundlich zu Ina? Was soll das alles?«

Romy löste sich aus der vertrauten Haltung und richtete sich auf. Julia kauerte abwartend neben ihr. Sie hatte inzwischen auch ihre Beine in den Minimundus hereingeholt und saß darauf. Schaute ihre Vertraute jetzt betroffen an.

Romy Steiner baute einen Schutzwall um sich auf. Der würde sie auch auf dem kleinen Raum vor der Verzweiflung schützen, die sie gleich überkäme, wenn Julia ihr erklärte, dass sie sie mit den Kindern wegen Ina verlassen würde. Das erwartete sie nämlich. So eng, wie sie die beiden in den letzten Tagen erlebt hatte, und weil Ina einfach nicht abreisen wollte. Ihre Partnerin Birgit schien Ina bloß noch als Vertraute zu führen.

»Dann erzähl du es mir«, spielte Julia den Ball an Romy zurück.

»Ja, was soll ich dir erzählen?«

Romy sah Julia lang und vorwurfsvoll in die Augen. Wie sehr sie dieses Gesicht mochte und alles, was es verbarg: Julias Gedanken, ihre Weltsicht, ihre Güte, ihre Liebenswürdigkeit, ihre Schönheit. All das würde sie sofort, im nächsten Augenblick, verlieren. Ihre kleine Welt wie ein Kartenhaus in sich zusammenfallen. Ihr Glück vorbei sein.

Wenn es halt doch nicht reichte, weil sie manche Zeichen nicht erkannt und sie zu wenig miteinander gesprochen hatten. Vielleicht. Dann musste sie, Romy, es trotzdem hinnehmen. Es war Julias Leben. Über das sie entscheiden durfte. In dem sie glücklich sein sollte. Auch wenn sie selbst an ihrem Unglück zu zerbrechen drohte.

Alles war offenbar nur wegen des neuen Café-Restaurants passiert, das sie kürzlich eröffnet hatten. Das gut lief. Aber seinen Preis hatte. Den, dass sie in den letzten Monaten viel Zeit dort verbracht hatte. Ein Start-up viel Energie abverlangte. Dann gab es zusätzlich dieses ungelöste Chaos mit Bergen von Holz und der damit verbundenen finanziellen Anspannung.

Romy sah vor sich hin und ließ ihre Gedanken wie ein Trommelfeuer auf sich einschlagen. Ging emotional nicht in Deckung. Wollte sich bereits vorab mürbe machen. Damit sie ertragen konnte, was gleich kommen würde.

Doch Julias Antwort ließ auf sich warten. Stattdessen meinte sie: »Sag mir, was los ist.«

Das brachte Romy wieder aus ihrer Gedankenwelt zurück. Sie sah Julia erstaunt an. Wusste nicht, was sie ihr antworten sollte. Schließlich nahm sie ihren Mut zusammen und ging in die Offensive: »Wann willst du mit den Kindern ausziehen?«

Julia glaubte, nicht richtig gehört zu haben. »Wovon sprichst du, Romy? Bist du noch bei Trost? Ich weiß, die Hitze ist gewaltig und du hattest …«

»Du musst mich nicht schonen. Ich habe euch beobachtet, dich und Ina.«

»Was hast du beobachtet? Nichts kannst du beobachtet haben.«

Romy Steiner fühlte sich in diesem Moment völlig außer Tritt. Alles drehte sich um sie herum. In ihrem Gefühlskarussell. Warum sagte ihr Julia nicht klipp und klar, was Sache war? Ließ sie stattdessen unnötig leiden. Zögerte ihre Entscheidung so hinaus.

»Romy, hast du einen Sonnenstich. Was soll ich mit Ina?« Sie hielt inne und setzte nach einer Weile fort: »Oder glaubst du … ich hätte an ihr … Interesse? Romy, nie und nimma!« Sie sah sie zärtlich an: »Ich will doch nur dich, verstehst du das?«

Romy Steiner blieb sitzen. Sie wagte nicht, Julia anzusehen. Glaubte, ihren Ohren nicht zu trauen.

Julia durchbrach Romys Erstarrung und zog sie an sich. »Deshalb warst du so abweisend? Du hast das vermutet, dass Ina und ich …?« Statt fertig zu sprechen, schüttelte sie ungläubig den Kopf. »Also, nicht einmal im Traum wäre mir das eingefallen. Nur weil sie dir einmal eine Freundin ausgespannt hat, klappt das doch nicht auch mit mir.« Julia wirkte bei dem Gedanken daran fast ein wenig eingeschnappt. Dass ihr Romy so wenig Vertrauen entgegenbrachte. »Glaubst du, ich hätte dich sonst geheiratet und Kinder mit dir? Da gibt es doch auch so etwas wie Verantwortung.«

»Ja eben. Und darum geht es. Ich möchte nicht, dass du aus Verantwortung bei mir bleibst, wenn du es anders möchtest.«

»Ich will aber nicht bloß aus Verantwortung, sondern aus Überzeugung, aus Liebe – bei dir sein!«

Julia drückte Romy wieder an sich. »Was denkst du denn? Bist dir plötzlich so unsicher?« Sie küsste sie innig.

Romy Steiner lehnte sich kraftlos in die Ranken des Strauchs. Julia bettete ihren Kopf in ihren Schoß. »Ich hab dich wie schon einmal da gefunden. Hab vorher den ganzen Park abgesucht. Auch die anderen waren unterwegs. Dann ist mir der Strauch eingefallen. Dein Strauch.« Sie setzte sich ruckartig auf und stieß sich den Kopf am oberen Bereich. »Autsch!« Sie hielt sich die Stirn. »Weißt du, woran mich das jetzt erinnert?«

Romy Steiner prüfte Julias Stirn und war beruhigt, dass kein Kratzer zu sehen war. »Nein«, antwortete sie erleichtert.

»An eine schlechte Inszenierung von ›Othello‹. Der fragt nämlich seine Frau auch nicht, was los ist, sondern wählt lieber den dramatischen Moment. Er hatte mit seiner Unterstellung unrecht. Als ihm das bewusst wird, stirbt Desdemona bereits durch seinen Dolchstoß. Unschuldig. Bin ich froh, dass es bei mir nur eine verbale Attacke war.«

Romy Steiner sah sie entsetzt an: »Es tut mir so leid. Ina hat mir damals so zugesetzt, weil sie nicht nur meine beste Freundin und sogar meine Ex war, sondern ich durch sie auch meine damalige Partnerin verlor. Es hat mich also doppelt getroffen. Ich dachte, das geht hier so weiter. Da kommt sie nach so vielen Jahren unangekündigt vorbei und du … du … wolltest, dass sie bleibt.«

»Doch nur, weil die beiden sich gut mit den Kindern verstehen und es Abwechslung in unseren Alltag brachte. Sonst war da nicht im Geringsten etwas. Kein Hintergedanke. Sorry.« Sie verdrehte die Augen und grinste. »Weißt du: Ina sieht zwar nicht schlecht aus. Aber um mich stante pede von hier wegzulocken, müsste sie … wohl zwanzig Jahre jünger sein.«

Da musste jetzt sogar Romy lachen. »Da sie das nicht mehr bieten kann, musst du wohl weiterhin mit mir vorliebnehmen«, stürzte sie sich amüsiert über ihre Partnerin, strich Julia übers Haar und legte die Stirn sanft an ihre. Dann flüsterte sie: »Danke, dass du gekommen bist.«

Julia rüttelte sie an den Schultern: »Aber mach das nie wieder. So leicht wirst du mich nicht los. Ich habe versprochen: bis ans Ende unserer Tage.«

»Ja, und die werden wir bald von den Kiddies angezählt bekommen, wenn wir noch bis zum Mittagessen da sitzen bleiben. Komm!«

Romy Steiner rollte sich aus dem Strauchgewirr und zog Julia mit hoch. Gemeinsam rannten sie zum Schloss zurück.

Alle hatten gewartet und sahen bekümmert aus. Julia riss das Ruder gut gelaunt herum: »Romy wollte sich nach der unnötigen Nacht auf dem Revier auspowern und rannte bis zum Karpfenteich hinunter. Aber jetzt sind wir wieder da.« Sie zog Romy an sich und küsste sie lang und innig. Damit war wohl endgültig jede krude Hoffnung, die auch nur irgendjemand im Raum hätte haben können, vom Tisch.

Die Kinder freuten sich, liefen auf beide zu und umarmten sie. Auch die kleine Vita torkelte an und hing sich an Romys Jeanshose. Sofort nahm sie die Kleine hoch.

Ina und ihrer Begleiterin machte all das klar, dass sie nicht dazugehörten – auch nie würden.

Inzwischen fiel Julia ein, dass Ina ihr vorhin eine Beobachtung geschildert hatte, die sie Romy nicht vorenthalten wollte: »Sag, Ina, dir ist doch etwas aufgefallen. Das wolltest du genauer erzählen. Was war das?«

Ina Ringer tat so, als wüsste sie nicht, was gemeint war. Erst nach einem Hinweis erinnerte sie sich: »Ach ja. Wir waren vor ein paar Tagen im Wald mit Pfeil und Bogen auf dem 3-D-Bogenparcours unterwegs. Da kamen wir auch an der Stelle vorbei, wo man den Toten gefunden hat. Die rot-weiße Absperrung der Spurensicherung war noch zu sehen. Da hielt sich einer aber nicht daran. Stand mittendrin und suchte im Laub.«

»Interessant«, wurde Romy lebhaft.

»Wir kamen näher, da hat er uns unfreundlich angeschaut. In der Hand hielt er eine Sprühdose.«

»Hast du ihn erkannt?«

»Nein. Es war ein Mann mittleren Alters.«

21. KAPITEL

Die Sonne stand an diesem Sommertag hoch am Himmel.

Es war für viele bereits nach der Mittagspause. Walli Winzer hatte nichts gegessen. Daher spürte sie langsam Hunger. Doch Zeit fürs Essen hatte sie heute nicht. Sie musste mit Florian die Sache mit den zerstörten Blumen besprechen. Sybille Karner hatte sie wiederholt darauf aufmerksam gemacht, dass das noch ausständig war. Er hob aber nicht ab, wenn sie anrief.

Wahrscheinlich wollte er, dass Walli ihn im Büro seines kleinen Gartencenters aufsuchte. Die Gelegenheit nutzen, etwas länger mit ihr zu sprechen. Vielleicht auch über anderes als über die Blumenbeete der Karner. Nämlich über sie beide.

Doch danach stand Walli jetzt nicht der Sinn. Sie hatte vorhin einen kleinen Imbiss und die wichtigsten Zutaten für das Abendessen mit Silvia und Anna im Bio-Supermarkt am Dorfplatz gekauft. Sie nahm an, dass ihre Nachbarin uneingeladen mitkommen würde. Ohne ihre Nichte würde sie nicht im Nachbarhaus bleiben. Obwohl, im umgekehrten Fall wäre das der Karner egal. Denn sie okkupierte Silvia und ließ Walli allein.

Nun, falls sie überhaupt einmal zu Hause war. Zugegeben, Walli war viel unterwegs. Oft bei Bekannten und Freunden zu Gast. Auf ein Dinner mit der Karner wartete sie daher keinesfalls.

Allerdings, vielleicht war sie doch einige Male gekommen, um sie einzuladen, und hatte Walli nicht angetroffen. Ihr danach keine Nachricht hinterlassen. Daher konnte sie es nicht wissen.

Sie hatte Walli immerhin schon mit frischem Apfelstrudel überrascht. Ihn ihr unangemeldet herübergebracht. Was sie gefreut hatte.

Ja, Sybille Karner war Walli Winzer in dieser Hinsicht ähnlich. Allerdings nur, was Spontanität betraf, schränkte sie sofort ein. Sonst verband sie – um Gottes willen – mit dieser Zicke absolut nichts. Walli nämlich fühlte sich auch großzügig genug, die Kosten für deren neues Blumenbeet zu übernehmen. Und dabei würde sie keinen Rabatt von Florian akzeptieren, was die Karner vielleicht vermutete. Denn es gab neben Mizzi Troger im Ort wohl keine Klatschbase, die besser über die Vorkommnisse Bescheid wusste als sie.

Nein, Walli pflegte mit Florian klare Verhältnisse. Übernahm er Tätigkeiten für sie oder durch ihre Vermittlung, wollte sie keine Ausnahme. Geschäftliches und Privates trennte sie mit ihm sorgfältig. Wenn er wollte, durfte er sein Kassakonto bei ihr in Form einer gediegenen Einladung einlösen. Dann hatten sie beide etwas davon.

Walli Winzer war dabei, über den Hauptplatz zu ihrem Elektroauto, das unter der alten Linde geparkt war, zu gehen, als sie Filou durch die Sträucher der Kirche trippeln sah. Sie erkannte ihren Getigerten an seinem flotten, eleganten Schritt und rief nach ihm.

Er schien kurz irritiert zu sein, sah hoch, um gleich darauf seine Beute weiterzujagen.

Walli sperrte ihr Auto auf, hob die Heckklappe und stellte ihre Einkaufstasche hinein.

Da viele vom Mittagessen kamen, war auf dem Platz wieder mehr los. Kinder liefen über das Kopfsteinpflaster, Eltern hinter ihnen drein. Einige Passanten waren in interessante Gespräche vertieft und führten sie auf ihrem gemeinsamen Weg weiter aus. Auch Sepp Grubinger kam zu seiner Polizeidienstaußenstelle zurück, als er die Wiener PR-Lady am Parkplatz stehen sah. Noch bevor sie einander begrüßen konnten, hielt Harry Kain neben ihr an und winkte aus dem Auto. Er war dabei, seinen Gast zur Busstation in den Nachbarort zu bringen. Auch diese verabschiedete sich. Danach brausten sie im alten Citroën 2CV aus den 1970ern weiter.

Auch Sepp Grubinger setzte seinen Weg fort. »Frau Winzer, ich wollt Sie grad anrufen. Das ist ja ein Zufall, dass ich Sie gleich da hab.«

»Grüße Sie«, sah sie ihn an. »Herr Inspektor, wir haben uns ja schon lang nicht mehr gesprochen. Geht's gut?«, fragte sie, als er die leichte Schräge bis zu ihrem Auto hochschnaufte.

»Geht schon«, stellte er sich neben sie. »A haarige Geschichte, dieser Reuther-Fall.«

»Ja, da wollte ich Sie übrigens fragen, was Ihnen eingefallen ist, die Romy Steiner zu verhaften? Vor ihrer Familie noch dazu. Als hätte sie vorgehabt zu flüchten oder als läge Verdunklungsgefahr vor.«

Der Dorfpolizist fühlte sich merkbar unwohl.

»Also, Grubinger, wenn das der Herr Dr. Weichselbaumer erfährt, dann …«

Weiter musste sie nicht sprechen. Der Polizist gestand seine Voreiligkeit ein. »Die Beweislage sprach damals eindeutig gegen sie. Es wurde ihre DNA an der Leiche gefunden, und ein fremder Knopf war an seinem Hosenbund. Bezirksinspektor Platzer hat das angeordnet«, zog er sich aus der Affäre. »Wir haben dann Frau Steiner um ihre Kleidung gebeten, die sie auf der Abendveranstaltung getragen hat. Aber der Knopf stammte nicht von ihr. Die Gerichtsmedizin hatte inzwischen noch andere DNA-Spuren am Toten entdeckt. Das hat letztlich den Exklusivwert der ersten Anhaltspunkte bezüglich Romy Steiner zerstreut. Das heißt aber nicht, dass sie es nicht trotzdem gewesen sein kann«, versuchte Sepp Grubinger Objektivität zu wahren. »Nur die Beweislage gegen sie reicht derzeit nicht aus.«

»Herr Grubinger«, setzte Walli Winzer ihre Entgegnung trocken fort. »Die Sache mit dem Wald und den Holzbergen ist zwar recht unerfreulich, aber deshalb die Familie auf mindestens zwanzig Jahre wegen eines Mords zurückzulassen, das glauben Sie doch selber nicht. Romy wüsste sich da schon anders zu helfen, bin ich mir sicher.«

Sepp Grubinger wurde langsam unwohl, und er wollte diese Episode endlich beenden. Dass er vorschnelle Schlüsse gezogen hatte, gab er ja zu. Doch aus der Luft hatte er sich die auch nicht gegriffen. Inzwischen lagen neue Anhaltspunkte vor, die er mit Walli Winzer besprechen wollte.

»Da die Spurensicherung am Tatort nicht wirklich fündig geworden war und der sonst dafür zuständige und erfahrene Kollege freigehabt hatte, machte sich dieser am nächsten Tag selbst auf den Weg und – Sie werden es nicht glauben – er entdeckte noch etwas. Nämlich den Teil des Griffes eines Jagdmessers.«

»Ah, klingt gut. Kann aber auch Zufall sein und der stammt von jemand anderem. Wieso soll der Täter genau so etwas am Tatort verlieren?«

»Schauen Sie: Wir haben jetzt ein Puzzleteil mehr zum Fall …«

»Aber gleichzeitig auch nicht. Denn wer hat am Land kein Jagdmesser zu Hause?«

Grubinger dachte nach. »Sie haben schon recht. Sogar ich verwahr eines im Vorzimmerschrank, das ich zum Schwammerlsuchen verwende, weil's halt gut schneidet.«

»Eben. Jeder Jäger und …« Sie holte ihr Notizbuch aus der Handtasche und schlug die letzte Seite auf, als das Stoffleckchen, das ihr Tartuffe am Tatort gebracht hatte, herausfiel. Walli hatte es damals gedankenverloren als Lesezeichen eingelegt und sah es nun apathisch an. Dann nahm sie es in die Hand und hielt es Grubinger entgegen.

»Erkennen Sie das wieder?«

Nicht so wie Walli. Doch auch ihm war schnell klar, zu wem es gehören musste.

»Ich glaube, es ist am besten, Sie nehmen gleich den Polizeiwagen und ich fahr hinter Ihnen nach.«

22. KAPITEL

Michael Reuther fuhr im Höllentempo den Hügel zur Villa seiner Familie hoch. Er stellte den Wagen am Parkplatz ab und rannte ins Haus hinein. Die Haushälterin hörte den Krach und kam extra aus der Küche.

»Wo ist meine Mutter?«, fragte er sie, ohne zu grüßen und mit hochrotem Kopf.

Die ältere Frau reagierte völlig verwirrt und stammelte bloß: »Im Garten.«

Michael Reuther lief direkt zu den Rosen, wo er Natalie Reuther tatsächlich fand. Sie schnitt einige ab und sammelte sie in einem Weidenkorb.

»Mutter, wir müssen reden. Was fällt dir ein, so über Anita zu bestimmen und sie vor den Kopf zu stoßen?«

»Grüß Gott, mein Sohn«, sah sie hoch und ließ sich von seinen Worten nicht aus der Ruhe bringen.

»Sie hat mir am Telefon gesagt, du jagst sie aus dem Haus. Bist du völlig von Sinnen? Sie einfach rauszuschmeißen?«

Natalie Reuther schnitt einen weiteren Rosenkopf ab und schlichtete ihn auf die anderen. Dann legte sie die Schere zur Seite. »Sie hat nie hierhergepasst und verhält sich unmöglich. Jonas ist bereits zehn. Er kommt demnächst ins Internat, wo er auf seine künftige Rolle als Konzernleiter vorbereitet wird. Gleich enge Freunde fürs Leben kennenlernt. Ihre Aufgabe ist daher erfüllt.«

»Wie stellst du dir das vor? Sie ist nicht nur seine Mutter, sondern auch meine Ehefrau. Ich liebe sie.«

»Michael, du wirst eine andere finden, die zu dir passt. Sie war nur eine – Verlegenheit.«

»Wie? Was redest du da? Ist dir die Sonne nicht gut bekommen? Ich will nicht, dass sie geht. Sie will ihre Koffer packen und nimmt Jonas mit. Hast du das gewusst?«

Natalie Reuther zeigte sich zufrieden und blieb gelassen. »Warte ab, den Buben lässt sie bestimmt da, wenn du an ihrem Geldhahn drehst. Denn deshalb hat sie dich schließlich geheiratet: weil du wohlhabend bist und nicht weil sie dich liebt. Halte dir das vor Augen.«

»Woher willst du das wissen? Du warst doch damals gar nicht dabei, als wir einander kennenlernten.«

»Eine Mutter weiß und spürt so etwas. Sie hat es auch in den vergangenen Jahren nicht zu revidieren versucht. Ganz im Gegenteil.«

»Was erzählst du da?«, fragte Michael entgeistert.

Seine Mutter sah ihn ernst an. »Dein Vater hat sie damals für dich ausgesucht. Nicht du dir.«

Michael Reuther lachte jetzt voller Grauen. »Weißt du, Mutter, mir war immer klar, dass du sie nicht mochtest. Vater hingegen schon. Aber dass du in deiner Ablehnung so weit gehst, hätte ich nicht gedacht.«

»Vor seiner Einwilligung in die Hochzeit führte dein Vater ein Gespräch mit ihr, wo er ihr alle Vorteile unterbreitete. Ihre Pflicht war bloß, einen Erben für unsere Holzdynastie in die Welt zu setzen. Ein Unternehmen, das es seit mehreren Generationen gibt. Wo Johann Reuther die Gunst der Stunde nutzte, es zu einem Weltkonzern auszubauen, und dadurch ein neues Kapitel im Firmenunternehmen aufschlug.«

»Ja, das war alles gut von ihm.«

»Auf jeden Fall. Wir trafen die Entscheidung gemeinsam. Besprachen alles. Auch die Nachfolge.«

»Dann ist ja alles in Ordnung.«

»Als wir merkten, dass es bei euch auch nach drei Jahren noch keinen Nachwuchs gab, wussten wir, dass wir zu handeln hatten.«

Michael Reuther setzte sich abwartend auf eine der Rundbänke, die im Rosengarten verstreut standen. Natalie Reuther wurde im Tonfall milder und versuchte, neben ihm Platz zu nehmen, was er jedoch nicht wollte.

Sie lehnte sich daher an einen der Steher und sprach weiter: »Als Kind hattest du Mumps.«

»Ich erinnere mich nicht mehr daran.«

»Eben. Es ist eine Kinderkrankheit unter vielen. Nur leider bei Buben manchmal mit Folgen: Nach drei Jahren war uns klar, dass du keine Nachkommen zeugen kannst und die Ursache dafür darin begründet liegt.«

»Was? So ein Blödsinn. Ob ein Kind gleich im ersten Jahr oder erst später kommt, ist doch egal.«

»Ist es nicht. Bevor im Ort und in ganz Niederösterreich noch Gemunkel aufkommen würde, mussten wir handeln.«

»Mir wird es jetzt allein vom Zuhören schon zu bunt. Was hat das alles mit mir zu tun, wenn es doch Jonas gibt?«

Seine Mutter sah ihn ernst an: »Anita verhütet nie. Dann rechne einmal eins und eins zusammen. Ihr seid nun vierzehn Jahre verheiratet, und es gibt nur ein Kind.«

»Ja, also ...« Michael Reuther war verunsichert, wollte sich von seiner Mutter jedoch keine weiteren Vorschriften machen lassen. Er stand auf und stellte sich nun zu jeder Konfrontation bereit vor sie.

Natalie Reuther verschränkte ihre Arme und ihre große Anspannung war zu bemerken.

»Auch wenn es für dich jetzt hart sein wird, muss ich dir sagen, dass Jonas *nicht* dein Sohn ist, sondern dein *Halbbruder.* Mit deiner Ehefrau als Mutter.«

Michael Reuther glaubte, nicht richtig gehört zu haben. Er war getroffen und sackte in sich zusammen, war unfähig, weiter stehen zu bleiben. Torkelnd griff er nach der Bank und setzte sich wieder. Er sah seine Mutter hilflos an. Nach einer Weile reagierte er spöttisch: »Ich traue dir viel zu, aber das ist jetzt wirklich das Letzte, um Anita und mich auseinanderzubringen.« Er schien gebrochen und hielt sich die Hand vors Gesicht.

Seine Mutter blieb starr. »Die Reuther-Gene sollten auch im einundzwanzigsten Jahrhundert die Firmengeschicke bestimmen. Darauf legte dein Vater wert, und er hat auch dafür gesorgt, dass es so bleibt: Jonas ist ein *Reuther*«, sagte sie nicht ohne Stolz. »Der Grund, weshalb ich Anita hier nicht mehr sehen möchte, ist der, dass es nicht bei dem einen Mal wegen der vereinbarten Erbabsicherung geblieben ist. Unsere Ehe war seitdem ein Trümmerhaufen. Selbst wenn auch andere Frauen immer wieder im Spiel waren, er hatte nur noch Augen für Anita. Jetzt, wo dein Vater tot ist, habe ich in der Villa das Sagen, und ich will, dass sie das Haus verlässt. Ich will sie hier nie wieder sehen. Verstanden?«

Michael Reuther wirkte nach dieser Botschaft benommen. Er sah lethargisch vor sich hin. Seine Kräfte schienen ihn zu verlassen. Seine Gedanken dagegen überschlugen sich, spulten sein Leben ab, ein Leben voller Lügen, voller Betrug.

Ungläubig sah er seine Mutter an und brachte kein Wort heraus. Stattdessen versuchte er, seinen Atem wieder zu stabilisieren, und fasste sich an die Brust.

Natalie Reuther ging auf ihn zu, wollte ihn trösten. Doch er stieß sie grob von sich und lief ins Haus zurück.

Am Hintereingang blieb er stehen und sammelte sich. Es war weiterhin ruhig im Haus. Nichts zu hören. Nur im Gebüsch dicht neben ihm raschelte es. Er konnte nicht sehen, was es war. Es interessierte ihn auch nicht. Denn viel zu sehr wühlte ihn auf, was er eben gehört hatte. Doch er wollte ruhig wirken, wenn er gleich mit Anita darüber reden würde.

Über den Dingen stehen. Wie das sein Vater gekonnt hatte. Immer getan hatte. Selbst wenn alle um ihn herum vor Entsetzen gebebt hatten. Er hatte immer einen Ausweg gesehen. Mehrheitlich allerdings für sich selbst.

Auch er musste jetzt an sich denken. Daran, wie er künftig sein Leben ausrichten wollte. Würde er Anita verzeihen können? Dass sie den Bestand des Firmenimperiums zu sichern geholfen hatte? Das jetzt seines werden würde. Sie ihn jedoch nicht in ihren Plan einbezogen hatte? Stattdessen sich weiterhin mit seinem Vater getroffen hatte. Dadurch nicht nur ihn, sondern auch die Mutter brüskiert hatte?

Kannte er seine Frau eigentlich? Er liebte sie, ja. Hatte sie deshalb geheiratet. Nicht wie die Mutter sagte, weil der Vater sie ihm ausgesucht hatte. Das wollte er sie fragen und lief an der Haushälterin vorbei hinauf in den ersten Stock.

Im Schlafzimmer angekommen, sah er den geöffneten und halb eingeräumten Koffer am Bett liegen. Von Anita keine Spur. Die Schrankwände standen offen. Als wäre sie nur kurz hinausgegangen. Doch sie war ihm nicht begegnet.

Kurze Zeit später kam sie aus dem Nebenzimmer mit einem Kleid am Arm ins Schlafzimmer zurück. Sie wirkte überrascht, Michael anzutreffen.

»Hallo«, kam es knapp. »Hätte nicht gedacht, dich hier zu sehen.« Sie faltete das Kleidungsstück und legte es sorgfältig in den Koffer.

Michael Reuther blickte zu Boden. Er suchte nach passenden Worten für den Beginn ihres Gesprächs. Schließlich hatte er sie gefunden: »Du willst also weg. Wohin?«

»Ich werde erst einmal zu meiner Freundin Pauline fahren. Die hat ein Gästezimmer, das sie mir zur Verfügung stellt, bis ich etwas für mich und Jonas gefunden habe.«

»Jonas? Warum Jonas? Willst du ihn etwa mitnehmen?«

»Natürlich. Glaubst du, ich lasse meinen Sohn bei euch zurück?«

»Aber er gehört hierher. Ist da zu Hause. So wie du. Ich möchte nicht, dass ihr geht.«

»Ach, Michael. Unsere Beziehung hatte immer große Schatten. Unsere Liebe ist schon lange weg.«

Er stellte sich dicht vor sie, versuchte, sie zu umarmen, dem sie geschickt auswich. »Aber, Anita, du bedeutest mir viel. Bleib doch.«

Sie sah ihn voller Mitleid an. Holte jetzt einen Pullover aus dem Kasten. »Ich habe lang auf diesen Augenblick gewartet – endlich wieder frei zu sein. Nicht mehr funktionieren zu müssen. In einer Umgebung, in der ich mich nie wirklich willkommen und zu Hause gefühlt habe.«

»Was redest du denn da? Ich wollte dich immer. Selbst jetzt …« Michael Reuther zögerte. »Obwohl ich weiß, dass ich *nicht* der biologische Vater von Jonas bin. Aber er ist mein Sohn.«

Anita lachte. »Ist er nicht. Du bist ein Träumer. Wolltest nie etwas sehen oder erkennen. Das hat immer dein Vater für dich getan. Für uns alle. Er hat mich gekauft. Erpresst. Weshalb ich hierbleiben musste. Sonst hätte er mir Jonas weggenommen und ich hätte zusätzlich keinen Euro mehr bekommen. Dafür hätte er gesorgt. Mich andernfalls fertiggemacht. So konnte ich mir aber leisten, was mir in den Sinn kam. Shoppingflüge unternehmen. In der ganzen Welt. Wohin ich wollte.«

»Deshalb warst du also so oft unterwegs. Und ich dachte, du leidest an Kaufsucht.«

»War ich hier, musste ich mit deinem Vater weiter ins Bett gehen. Deine Mutter wusste das, schwieg aber dazu. Jetzt ist sie es, die mich draußen haben will.«

»Dann bleib doch. Triumphiere über sie. Wir bauen unser eigenes Haus. Ziehen gemeinsam weg. Auf die andere Seite des Orts.«

»Michael, deine Eltern haben mich unter Druck gesetzt, weil sie keinen Skandal um Jonas riskieren wollten. Wenn wir wegziehen, wird alles rauskommen. Willst du dem Kleinen das antun? Er wird einmal Erbe dieses gewaltigen Konzerns sein.«

Das war das Stichwort, das Michael Reuther an die Zukunft seines Familienunternehmens denken ließ. Für das er nun allein die Verantwortung trug, daher auch für Jonas. Sein Tonfall wurde eisern. »Anita, du bleibst. Pack wieder aus.«

Sie sah ihn irritiert an und lachte ihn aus. »Nein. Werde ich nicht.«

»Ich möchte nicht deutlicher werden müssen. Will nicht, dass du meiner Familie Schaden zufügst. Du bleibst. Und du wirst Jonas und mich nicht lächerlich machen. Nicht mehr, als du es ohnedies schon gemacht hast.«

»Wie meinst du das?«, wurde Anita Reuther ernst.

»Tu nicht so. Du hast Vater ermordet. Wenn du jetzt gehst, rufe ich die Polizei und sage ihr das. Dann ist nicht nur dein Luxusleben vorbei, sondern du sitzt lebenslang. Deinen Sohn siehst du auch nicht mehr. Dafür sorge ich.«

Anita Reuther setzte sich auf die Bettkante und sah starr vor sich hin. Als hätte sie eben nicht richtig gehört. »Woher weißt du das?«, fragte sie ihren Mann, ohne ihn anzusehen.

»Ich bin dir damals auf der Vernissage gefolgt. Hab vorher gesehen, wie du Vater einen Zettel zugesteckt hast. Ich ahnte etwas. So wie er dreingeschaut hat, nachdem er ihn gelesen hatte. Ich wartete ab, was du machen und wann du losgehen würdest. Dann hab ich dich im Wald aus den Augen verloren. Hab dich stöhnen gehört. Dachte, du seist irgendwo mit deinem Kleid hängen geblieben. Ich bin in die Richtung und hab Vater am Boden liegen gesehen. Er röchelte. Doch es war zu spät. Das andere ist Geschichte.«

Anita Reuther schloss ihre Augen und versuchte, sich zu beruhigen. Alles hatte sich zu einem Albtraum entwickelt, aus dem niemand mehr herauskam. Zu überlegen gab es nichts mehr. Michael trug seinen Sieg über sie davon.

Ohne zu antworten, legte sie den Pullover wieder ins Fach zurück.

Er schien darüber erleichtert zu sein.

Dann fragte sie ihn: »Ich habe das Messer nicht mehr. Verlor es damals. Man wird mich sowieso überführen.«

»Nein. Wird man nicht. Denn ich habe es unter dem Laub entdeckt und mitgenommen.«

Anita wirkte erleichtert, aber auch befangen. »Wo ist es?«

»An einem sicheren Ort, wo es niemand findet.« Er grinste triumphierend.

»Da wäre ich mir gar nicht so sicher.« Walli Winzer kam mit Sepp Grubinger die Stiegen hoch und hatte gerade noch die letzten Worte gehört. »Grüße Sie, wir haben den Weg hinauf genommen, weil wir Ihre Stimmen gehört haben.«

»Was sind das für Sitten? Hat die Liesl Sie nicht aufgehalten? Sie können uns doch nicht einfach bis herauf ins Schlafzimmer folgen.«

»... bei einer Mordermittlung schon«, vervollständigte der Dorfpolizist.

Michael Reuther wandte sich von ihnen ab. Anita stand inzwischen von der Bettkante auf und stellte sich ans Fenster. Walli gab den Blick auf den Koffer frei, und sie erkannte das Kleid, das mit seinem auffälligen Muster obenauf lag.

Sie holte das provisorische Lesezeichen aus dem Notizblock und sprach: »Darf ich mir das Kleid näher ansehen?«

»Das brauchen Sie nicht.« Anita sah das Stoffstück in ihrer Hand. »Es stammt von meinem Kleid.«

»Wir haben es am Tatort gefunden, nachdem wir die Leiche entdeckt hatten. Der Trüffelhund hat es mir gebracht.«

»Das kann natürlich schon länger passiert sein, als Anita mit Pfeil und Bogen unterwegs war – wie so oft«, assistierte Michael Reuther seiner Frau.

»Mit einem Cocktailkleid auf der Jagd? Und damit zerrissen auf der Vernissage? Da war das Kleid noch in Ordnung, wenn ich mich richtig erinnere.« Walli Winzer gab sich sachkundig.

»Warum nicht? Meine Frau hat immer Sinn für Eleganz, und passieren kann immer und überall etwas.«

»Michael, lass gut sein. Man muss auch wissen, wenn es vorbei ist.« Sie kam vom Fenster herüber und stellte sich vor Walli und Grubinger. »Ich habe meinen Schwiegervater ermordet.«

»Aha«, entgegnete Sepp Grubinger. Anita Reuther wartete, dass er ihr Handschellen anlegen würde.

Stattdessen geschah nichts.

Der Polizist ging stattdessen auf den Ehemann zu. »Herr Reuther, Sie haben vorher von dem Messer gesprochen. Würden Sie uns das bitte geben?«

»Ich glaube, da haben Sie etwas falsch verstanden. Ich besitze kein Messer.«

»Sie haben doch eines am Tatort entdeckt, sagten Sie. Und verwahren es sicher.«

»Das hab ich nur so vor mich hin gesagt.«

»Wir haben dort auch einen Teil des Knaufs gefunden und nehmen an, dass er von der Tatwaffe stammt. Außerdem hat jemand gesehen, wie ein Mann den gesicherten Tatort abgesucht hat. Bei einer Gegenüberstellung würde er Sie sicher erkennen.«

Michael Reuther wurde sichtlich unbehaglich. »Möglich, dass ich etwas gesucht habe.«

»Vielleicht das Knaufstück?«

»Lassen Sie meinen Mann in Ruhe. Ich war es. Das reicht doch. Ich habe meinen Schwiegervater an die Stelle, die wir gut kannten, gelockt. Zuletzt mit Peitschenhieben, die ich ihm versetzte. Anschließend habe ich ihm Nervengas direkt ins Gesicht gesprayt, das ihn bewegungsunfähig machte und zu Boden gehen ließ. Dann habe ich ihm den Schnitt an der Kehle gesetzt, den Zettel aus der Hand genommen und bin weggerannt. Dabei bin ich mit meinem Kleid am Himbeerstrauch hängen geblieben.«

»Das ist interessant. Es gibt aber zwei Schnittwunden am Hals der Leiche.«

»Ich habe die Klinge nur einmal gesetzt und in der Aufregung das Messer fallen lassen. Das ist mir erst später aufgefallen. Aber …« Sie sah ihren Mann an.

»Den ersten Schnitt gab es vor dem zweiten, der dann der tödliche war. An ihm verblutete das Opfer. Herr Reuther, wollen Sie bitte ihr Hosenbein hochschieben und die Waffe hervorholen? Ich vermute, dass sie diese dort aufbewahren.« Sepp Grubinger verstellte ihm inzwischen den Weg zur Tür.

Michael Reuther sah bedächtig vor sich hin. »Es war so entwürdigend, ständig zusehen zu müssen, wie mein Vater sich nahm, was er wollte. Alle demütigte. Als ich das mit Anita irgendwann mitbekam, dachte ich, dass das nur auf Zeit sei. Es zu ihm passte, jeden und jede besitzen zu müssen. Sogar meine Frau. Ich wollte es ihm heimzahlen. Irgendwann.«

»Dass es so schnell passiert ist, davon waren Sie dann selbst überrascht«, setzte Walli Winzer fort.

»Ich bin ihnen in den Wald gefolgt. Habe ihn leise röcheln gehört, nachdem Anita weggelaufen war. Er lebte noch. Ich hätte ihn in eine Klinik bringen können. Wollte das ursprünglich auch. Aber dann hat er mich wieder so hochmütig angesehen. Als wollte er mir sagen: Sogar dazu bist du zu feig. Etwas zu Ende zu bringen. Er konnte nicht mehr sprechen. Aber sein Blick sagte genug. Dann habe ich mit der Hand nach einem Ast gesucht und das Messer gefunden. Es war ein Instinkt – und ich habe beendet, was Anita begonnen hatte. Ich habe ihm bewiesen, dass ich letztlich sehr wohl etwas durchziehen konnte.«

Michael Reuther sah bestürzt zu seiner Ehefrau und nutzte einen unkontrollierten Moment, um Grubinger beiseitezustoßen und die Stiege hinterherzulaufen.

Der Dorfpolizist eilte an die Balustrade des Flurs und kommandierte die Polizeitruppe, Reuther aufzuhalten und festzunehmen. Nachdem er selbst unten angekommen war, befahl er, dessen Beine abzutasten.

An einem befand sich unter der Hose tatsächlich ein Lederholster. In ihm das gesuchte Jagdmesser – mit gebrochenem Griff.

23. KAPITEL

Es war Samstagvormittag. Die Sonne schien und Walli Winzer freute sich endlich auf ein entspanntes Wochenende. Es hatte bereits gut begonnen. Sie war vorhin bei Harry Kain auf ein Schwätzchen gewesen, hatte einiges für den Abend eingekauft und betrat nun die kleine Polizeistation in Großlichten. Sepp Grubinger war dabei, seine Dienstjacke anzuziehen.

»Ja, Frau Winzer, was verschafft mir noch die Ehre?«, fragte er sie verblüfft.

»Grüße Sie, Herr Inspektor. Ich war in der Nähe, und da wollte ich bei Ihnen vorbeischauen und Ihnen ausrichten, dass sich Oberst Weichselbaumer über Ihren mutigen Einsatz sehr zufrieden geäußert hat. Auch, dass sie Michael Reuthers Hose, die er in der Tatnacht getragen hatte, passend zum verlorenen Knopf gefunden haben.«

Sepp Grubinger nahm Haltung an und war über die Informationsweitergabe sichtlich stolz. Er sah Walli Winzer dankbar an, verlor darüber aber kein weiteres Wort.

Sie wechselte daher das Thema und bezog sich nochmals auf die ungeübten Bogenschützen der letzten Tage:

»Ich wollte Ihnen auch noch vom 3-D-Parcours erzählen. Der ist für Waldbesucher wirklich zu wenig deutlich ausgewiesen. Silvia und mich hätten vor ein paar Tagen beinahe Anfänger erwischt. Aber eigentlich konnten sie nichts dafür. Denn wenn sie vorbeischießen, landet der Pfeil halt im Nirgendwo.«

»Den Parcours gibt es erst seit zwei Wochen. Viel Erfahrung hat man daher noch nicht.«

»So etwas scheint ja gefährlicher als die Jagd zu sein.«

»Ich werd gleich am Montag mit dem Betreiber sprechen, das zu ändern.«

»Und ich mach das mit Lena, damit sie die Kennzeichnungspflicht für das Gebiet gleich als Antrag in die nächste Gemeinderatssitzung einbringt.«

»War der Hans nicht österreichischer Meister im Bogenschießen?«

»Ja, vor langer Zeit. Auf Zielscheiben in seiner Jugend, nicht auf Plastiktiere. Das finde ich, ist ja ...« Walli Winzer sprach nicht weiter, sondern griff sich an den Kopf und rollte mit den Augen.

Sepp Grubinger lachte. »Man sucht halt immer was Neues, um die Leut bei Laune zu halten. Aber es muss alles seine Ordnung haben«, setzte der Dorfpolizist nach.

Er hatte bereits seine Polizeijacke übergezogen und wartete noch auf ein letztes Wort, was bei Walli, wie er befürchtete, länger dauern konnte. Daher signalisierte er, dass er nach einer anstrengenden Woche aufbrechen wollte, und griff nach dem Schlüssel der Polizeiwachstube.

»Übrigens, ich war vorhin im Schloss und hab endlich Karpfen für den Abend geholt. Die Gäste von Romy und Julia sind heute auch abgereist, haben sie mir erzählt.«

»Ich glaub, die dürften recht froh darüber sein.« Grubinger zeigte sich wieder einmal wissend.

Beide lächelten zufrieden.

Für Sepp Grubinger war das ein weiteres Stichwort: »Na ja, und damit bei mir der Haussegen auch nicht schiefhängt, muss ich langsam gehen. Denn wir haben noch einiges vorzubereiten. Heute Nachmittag steigt unser Grillfest. Gestern habe ich zwar schon einen ganzen Berg Erde im Garten verteilt, das Partyzelt und Tische aufgestellt. Doch heute muss ich den Rest erledigen. Hans und Lena werden auch kommen. Wir freuen uns, wenn Sie …«

»Danke, ich hab ebenfalls Gäste: meine Nachbarinnen und Marius. Ach, das erinnert mich daran, dass Tartuffe noch Futter braucht.«

»Ein großes Fleischstück hat er sich auf jeden Fall verdient! Denn mit dem Beweisstück, das er sicherstellte, war die Überführung der beiden Reuthers ja erst möglich.«

»Ich hatte das ursprünglich völlig vergessen. Es war Zufall, dass ich das Notizbuch aufschlug.«

»Zufälle gibt es im Leben nicht.« Sepp Grubinger zog im Gespräch nun den endgültigen Schlussstrich und begab sich zur Tür. Er ließ Walli Winzer vorgehen und schloss hinter sich ab.

»Sie werden noch zu einem richtigen Philosophen«, reagierte Walli verwundert.

»Na ja, seit ich mich mit Kalligrafie beschäftige, bleibt halt a bisserl was hängen und ich mach mir so meine Gedanken. Mit dem Florian sprech i manchmal darüber. Der kennt sich auch mit Zen-Gärten gut aus. Aber leider bleibt immer wenig Zeit.«

Nachdem Sepp Grubinger Florian ins Spiel gebracht hatte, konnte Walli es sich nicht verkneifen und fragte nach der jungen Frau, mit der sie ihn im Wirtshaus gesehen hatte: »Wenn er nicht gerade mit Junggemüse unterwegs ist.«

Der Dorfpolizist schaute sie fragend an. Erst nachdem Walli eine auffordernde Geste gesetzt und dadurch signalisiert hatte, eine Antwort zu erwarten, fuhr er fort: »Ach, Sie meinen die Schwester von seinem Mitarbeiter. Die studiert in Wien Biologie und macht ein Praktikum. Er hält große Stücke auf sie.«

Walli fühlte sich wie ertappt. Hoffentlich würde Grubinger Florian nicht von ihrer Neugier erzählen. Sie lenkte daher den Gedanken schnell auf die umgegrabenen Beete, was plötzlich Wasser auf die Mühlen Grubingers war. »Sie werden es nicht glauben, was das für G'fraster sind«, zeigte er sich empört. »In aller Früh gehe ich zu unserem Komposthügel mit der frischen Erde, und was sehe ich: Die ganze Zeile unserer schönen Ringelblumen war zerwühlt. Stellen Sie sich das vor! Im letzten Moment sehe ich, wie ein Waschbär hinter den Sträuchern verschwindet. Was sagen Sie dazu?«

»Ja, Grubinger, genau das muss es sein! Dann ist dieser mysteriöse Fall auch geklärt. Unglaublich! Da haben wir gleich ein Thema, bei dem sich die Karner verbreitern kann – aber in die Defensive. Ich bin neugierig, welche Argumente sie zu ihrer Verteidigung vorbringen wird. Filou ist ja nicht der Schuldige.«

»Natürlich lieben Katzen frisch angehäufte Erde, aber Waschbären ziehen eine lange Spur«, wusste Sepp Grubinger.

»Haben Sie schon mit Florian über den Übeltäter gesprochen?«

»Ich hab heute noch keine Zeit dazu gehabt.«

»Na, dann werde ich das in die Hand nehmen. Tobias ist mit Marius unterwegs, um Trüffeln zu suchen. Kommt aber mit unserm Experten zum Abendessen. Das heißt: Wir haben heute auch eine kleine Männerrunde dabei. Da kann Florian eine Einladung schwer ausschlagen. Und wie ich Sybille Karner kenne, wird sie ihn sofort mit Beschlag belegen, worauf er liebend gerne zu mir wechseln wird«, murmelte sie still in sich hinein.

Sepp Grubinger tat so, als hätte er nichts gehört, und zog seinen Autoschlüssel aus der Hosentasche. Er war froh, dass der Mordfall gelöst war, die Gebarung der Sägewerkholding endlich untersucht wurde und eine neue Geschäftsführung bis zur Volljährigkeit des kleinen Jonas eingesetzt worden war, die nicht weiter Öl in die Nöte der Dorfbevölkerung gießen wollte.

»Frau Winzer, ohne Sie …«

Er holte Walli abrupt aus ihrer Gedankenwelt zurück. Sie ließ den Dorfpolizisten allerdings nicht weitersprechen, denn Lobhudelei vertrug sie gar nicht, und reichte ihm stattdessen die Hand. »Wir haben uns beide ein schönes Wochenende verdient. Ich fang schon mal an, es zu genießen, indem ich auf meinen Reiterhof fahre und mir im Restaurant vom Hannes einen guten Caffè Latte gönne.«

Sepp Grubinger hielt ihre Hand fest. »Ja, machen Sie das.«

Walli lächelte und hatte den Eindruck, dass er manchmal doch recht froh darüber war, ein bisschen urbanes Flair um sich zu wissen.

Weitere Titel finden Sie auf den folgenden Seiten und im Internet:

WWW.GMEINER-VERLAG.DE